看不見的小孩

羅明道◎著

勵志學堂 1

作者序言

人們常說，人生因夢想而偉大。

但是有一天你的夢想因為現實因素被打斷時，是不是那個人生也就不再偉大了呢？

《看不見的小孩》這本書裡頭的主角松柏，就面臨了這樣的人生困境，他覺得全世界都在跟他作對一樣。

就好像最近的社會新聞，青少年槍擊要犯，一被逮捕就說他是被教育制度害的。松柏也曾經這麼怨天尤人，怪東怪西的。

「怪人是容易的，但也是便宜行事的逃避。」故事裡頭，松柏的阿嬤總是這麼說。

松柏是到後來才發現，不斷的指責別人、怨懟環境，只是在自己的周圍堆積心靈上的垃圾，對自己一點好處也沒有。

就好像每一朵雪花都不一樣，很多時候生命裡的缺陷，反而會使我們成為最與眾不同的那一位。

當我們一起閱讀這本書，進入松柏那個「看不見的世界」時，我們也會學到跟生命一起轉彎，是有可能看見柳暗花明又一村的新境界。

目次

01

既期待又怕受傷害

產房內，有個母親因生產的疼痛而哭喊著。

產房外，有個父親和阿嬤則是焦急的在外頭踱步。

「媽啊！小孩子會健康吧！」父親問著阿嬤。

「會啦！會啦！你別那麼緊張。」阿嬤安慰著這個新生兒的父親，看得出來這個男人應該是第一次當爸爸。

「媽媽啊！妳自己還不是很緊張，也是一直在那裡走來走去的。」這個快要當父親的人，說著自己的媽媽。

「畢竟是我們韓家的長孫啊！」阿嬤笑著說。

爸爸和阿嬤除了不停的踱步以外，還唸唸有詞的說道：「只要孩子健康就好了，健康就好。」

由於醫院這整層樓是婦產科和小兒科共用，就在爸爸和阿嬤在產房外焦急的等待時，有一對夫婦抱著一個小孩從他們旁邊走過。

「阿豹，你和你太太來做什麼啊？」爸爸叫住熟人問了起來。

「我跟我太太帶孩子來醫院做檢查。」說到這裡，阿豹和太太都哭了。

「怎麼回事，慢慢說，慢慢說，不要急。」爸爸安慰著這對夫妻。

「我們的孩子剛剛檢查出有唐氏症！」阿豹難過的說著。

「可是唐氏症不是在懷孕初期就會篩選嗎？」爸爸問著阿豹。

「我們的確有做檢查，篩檢比率的數據也都過了，不知道為什麼會這樣？」阿豹搖頭嘆息的說道。

「唉……」爸爸也跟著不住的嘆息。

看著阿豹和太太離開的背影，爸爸的嘆息聲還沒有停止。

「剛剛那是你的拜把兄弟阿豹嗎？」阿嬤問著。

「是啊！他跟他太太、小孩都在。」爸爸解釋給阿嬤聽

阿嬤的眼睛好像看不太清楚，所以一直央求著自己的兒子跟她說情況到底如何。

「我聽你說過，好像這是他們兩個家族，這一輩第一個出生的孩子。」阿嬤問著爸爸。

「是啊！阿豹和他太太兩家人都非常期待這個孩子的誕生，兩邊的家族都很多

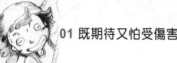

年沒有小孩出生了。」爸爸說明著。

「怎麼會這樣呢？」阿嬤惋惜著說。

「而且阿豹跟他太太兩家，其實環境都非常好，算是社經地位很不錯的家庭，怎麼也會遇到這種事？不是都有好好的做健康檢查嗎？」阿嬤講到這裡也露出不明白的神情。

「這是老天爺在管啊！再好的家庭環境也躲不過老天爺的安排。」爸爸不勝唏噓的說道。

「唉！」阿嬤講起來也是感慨。

「只希望孩子的眼睛好好的。不要有我們家的家族遺傳……」爸爸這麼說道。

「會啦！你看你自己的眼睛就很好啊！」阿嬤這麼說。

原來阿嬤有先天性的白內障，隨著年紀的增長，眼球產生病變的狀況會愈來愈嚴重，其實她現在的視力狀況非常不好，弱視的很嚴重，看東西都要貼得很近才看的見。

這個時候，產房裡頭有醫生出來了。

「韓先生，恭喜你，你太太為你生了個兒子！」醫生這麼跟這個爸爸說道。

「是兒子！那我們按計畫叫他松柏嗎？」阿嬤問著。

「是的！照原來計畫叫他松柏，松柏長青，希望他健康如松柏一樣。」爸爸解釋道。

「真的希望他就健健康康，跟名字取得一樣。」阿嬤擔心的說。

而事情就是這麼的不如人願。

◆

松柏出生沒多久後，就檢查出來有遺傳性的先天性白內障。

「那孩子是已經失明了嗎？」媽媽抱著松柏問醫生。

「不會，這種遺傳性的先天性白內障，剛開始只是會造成他的視力不良，但是隨著年齡的增長，視力會愈來愈糟……」醫生解釋著。

還沒等醫生說完，爸爸就等不及的問說：「會完全失明嗎？」

「不一定，每個個案都不一樣。」醫生回答著。

「有可能開刀讓他的視力恢復嗎？」媽媽問道。

「目前醫學上沒有這樣的個案，不過未來隨著醫學的進步，或許有這樣的可能。」醫生點了點頭說。

「像你們家的阿嬤就只有弱視，並沒有到完全失明。」醫生這麼說。

「我已經覺得我媽媽夠辛苦了！只要想到孩子會一天天失去視力，我就替他可憐，這樣不是更慘忍嗎？」爸爸有點不能接受的說道。

「好的不遺傳，遺傳婆婆這種不好的基因。」媽媽有點憤恨不平的說道。

「妳在這裡說就好，千萬不要在我媽媽的面前這樣說，這不是存心讓老人家難過嗎？」爸爸有點責怪媽媽。

「我也沒說錯啊！」媽媽沒好氣的說道。

「這已經是個事實，我們別再怨天尤人，好好的教養孩子比較重要。」爸爸跟媽媽提醒著。

「是啊！韓太太，我覺得在我的病患當中，韓婆婆一直是個非常開朗的病人，從來不覺得她有因此而喪志。」醫生也點點頭同意。

「而且醫生也有說，醫學進步的那麼快，或許過個幾年就有辦法救我們的孩子了。」爸爸這麼說。

「醫學這麼進步，也沒有幫婆婆的眼睛變好啊！」媽媽苦笑著說。

「我就一直說，不要生孩子，你們就還是要我生，現在可好了！小孩生出來有遺傳性的疾病，我怕他以後會怪我，我心裡也會一直覺得對不起他。」媽媽難過的說道。

「韓太太，別這麼說，除了韓婆婆以外，我有很多的病患，即使眼睛看不見，他們的人生還是過得非常精采。」醫生鼓勵著媽媽。

「能怎麼精采，去按摩嗎？」媽媽有點不解的說。

「其實我真的覺得，他們接受自己身上的不完美後，反而發展得比一般健康的人更好！」醫生這麼說道。

「有嗎？」媽媽可能一時之間還不太能接受這個事實，所以說起話來都有點不滿的意味。

「媽媽，不要這樣子對醫生說話，不好啦！」爸爸勸起媽媽。

「沒關係，韓先生，韓太太需要一點時間調適，其實孩子長大後也需要時間接

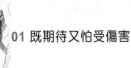

受這個事實，就要靠你們跟他一起成長。」醫生好言說道。

「應該可以的啦！我媽媽都可以過來了！這個孩子一定會成長得更好才是。」

爸爸點了點頭，但是他的心裡有點心虛。

「希望孩子真的不會怪我們把他生成這樣。」媽媽還是不停的這麼說。

而媽媽這點盼望……

似乎也成為一種奢望。

02

想當服裝設計師

偏偏松柏從小最大的志願就是想當一個服裝設計師。

雖然松柏的眼睛有先天性的白內障，視力並不算好，但是他從小就相當喜歡漂亮的東西，像是誰穿了件新衣服，誰的頭髮染了新的髮色，最先發現的總是松柏這個男孩子。

而且松柏家的巷子口有間老式的西裝行，杜伯伯和杜媽媽年輕的時候，還去紐約的服裝店工作賺錢。

「杜伯伯，杜媽媽，再跟我說一點有關於你們去紐約工作的事情，好嗎？」松柏跟杜媽媽央求著。其實杜媽媽他們這家西裝行，生意並不算好，因為開在巷子內，只能做點老顧客的生意。

松柏從小一天到晚有機會就往杜家跑，搞得杜媽媽老是跟松柏說道：「松柏，來當杜媽媽的兒子好了！杜媽媽教你做衣服。」

「好啊！杜媽媽，當妳的兒子，妳就要教我做衣服，我以後長大了，要當個服裝設計師。」松柏自己也常常這麼說道。

松柏的媽媽每次聽到松柏這樣說，她的心裡就有股辛酸。

倒還不是松柏要認杜媽媽當兒子，而是她知道松柏的視力會愈來愈不好，「到時候看都看不見了，怎麼當服裝設計師呢？」媽媽心裡這麼想著。

但是松柏還是什麼都不管，常常耗在杜媽媽家，他很喜歡在那裡翻服裝雜誌，東摸摸、西摸摸那些布料，他就覺得非常快樂。

杜伯伯還會教松柏一些顏色學的東西。

杜伯伯、杜媽媽年輕的時候非常好學，所以他們也才會毅然決然把孩子託給松柏的爸爸媽媽帶，然後夫妻兩個人到紐約打拚，當然一方面是想多賺點錢，二來夫妻兩人也想多學點新技術。

杜伯伯上過不少色彩學的東西，常常會用色塊教松柏配色的技巧，還會把這些書都借給松柏閱讀。

「杜伯伯，你好棒喔！你都知道很多服裝的學問，你和杜媽媽以前一定是在紐約當服裝設計師嗎？」

「沒有，哪有那麼厲害啊？我和杜媽媽是當設計師的助手，我們的設計師設計出草稿，我和杜媽媽就要把那件衣服做出來，談不上是設計師。」杜伯伯不好意思的笑著說。

「你們不想當服裝設計師嗎？」松柏問道。

「想啊！只是當時的環境不允許，我和你杜媽媽去紐約的時候年紀已經滿大的，再加上我們的女兒筱梅也才剛生出來，我們只能趕快賺到一大筆錢，仍然趕著要回台灣。」杜伯伯這麼說時，眼睛裡還是有點遺憾。

「好可惜喔！杜伯伯，我想當服裝設計師。」松柏這麼跟杜伯伯說。

「你如果有興趣，杜伯伯是可以把我所有會的都教給你，以前很想教給我的女兒筱梅，但是她對室內設計比較有興趣，對做衣服一點興趣也沒有。」杜伯伯惋惜的說道。

其實杜伯伯和杜媽媽並不是不知道松柏眼睛的狀況。

「每次看到那孩子在你們家這麼認真的學著做衣服的事情，我的心裡就很難過。」松柏的媽媽曾經在松柏上學時，這麼跟杜先生、杜太太說過。

「韓太太，別想太多，或許松柏的眼睛也不會全盲，可能還會比你們家的阿嬤狀況還來得好，這樣他當個服裝設計師，眼力是綽綽有餘的。」杜先生這麼跟韓太

太說。

「不過我們帶他去醫院做檢查，醫生說他的狀況可能會比我們家的阿嬤嚴重，要我們有點心理準備。」韓太太嘆口氣說道。

「真的嗎？」杜太太有點難過的反問。

韓太太也只能點點頭。

「我覺得你們家的松柏還真的是滿有天分的，有一次我給他一些碎布，要他拼一下，他就是這麼隨便組合一下，就很好看。」杜太太連連稱讚松柏。

「是啊！連國中老師都說，他真的對這種美的事物很有天分。」韓太太愈說愈難過的樣子。

杜先生也點點頭說：「我教他配色，用色彩學的色塊，他都組合得很好，不像國中生的作品，感覺成熟度很高。」

「結果，就被我生成這樣，有我們家遺傳的眼疾，如果他真的因為他的眼睛做不成他喜歡的事情，我真的不知道以後該怎麼面對他才好。」韓太太說到這裡，鼻子都有點紅了起來。

「我甚至還想，要不要早點勸他轉移興趣，要不然以後的失望愈大，我更覺得對不起他。」韓太太難過的說道。

「韓太太，別這麼說，我覺得還是要讓小孩子照他的興趣發展，他這麼認真學，學到的都是他自己的東西，誰知道以後會發展成什麼樣子呢？或許他眼睛真的有那麼一天看不見了，他所學的或許還是有別種方法展現出來的。」杜先生是一直這麼勸韓太太。

「一個瞎子，什麼都看不到，顏色都分不清楚，怎麼設計衣服呢？」韓太太問道。

「唉！是啊！」竟然連杜太太都這麼以為。

「貝多芬是聾了以後，才做出最受人喜愛的樂章。」杜先生這麼說。

「從以前到現在也只有一個貝多芬，我這麼奢求我們家的松柏，是不是太妄想了？」韓太太搖搖頭說。

「不要小看自己的孩子喔！」杜先生笑著說。

「我還是會認真教松柏，我都不放棄了，韓太太也不要放棄他。」杜先生認真

的說道。

「我不是放棄，只是看到這孩子這麼努力，我擔心他期望愈高，失望也愈大，而且是一場注定要失望的結局。」韓太太苦笑著說。

杜太太這個時候給了韓太太一個擁抱說：「到時候我們都會在妳旁邊的，當年我們家筱梅也是多虧有妳，才帶得這麼好，我們每個月就是寄錢回來而已，那孩子多虧有妳！我們也一定會幫助松柏的，請放心！」

「時間過得好快啊！筱梅都已經開始做事了！還是到大公司當室內設計師，發展得真好。」韓太太羨慕的說道。

「會的，松柏也會這麼好的，韓太太妳要對自己的孩子有信心。」杜太太這麼跟韓太太說。

「有的時候，我真的很羨慕你們兩個，隨著年紀增長，筱梅也愈來愈好，但是我們對松柏唯一的期待就是他健健康康的，但是時間愈長，感覺這也變成一樣奢求。」韓太太搖著頭說。

「不要這樣子想，韓太太，往好處想，以後的醫學會愈來愈發達，或許松柏的眼睛就有得救了！」杜太太苦口婆心的勸著韓太太。

「這種話，我從松柏出生的時候聽到現在，但是醫學也從來沒有進步在松伯的身上。」韓太太不解的說道。

杜太太拍拍韓太太的背，安慰著她說：「我常跟我們家筱梅說，要把妳和妳先生、阿嬤都一起孝順，也要把松柏當成自己的弟弟一樣照顧，大家都是這麼多年的老鄰居，一定會互相照應的。」

「妳也知道，當年我是想了很久才決定生孩子，一直就是很擔心孩子會有家族遺傳疾病，結果還是遇上了。」韓太太的心裡沒辦法放過自己。

「大嫂，松柏是從妳肚子生出來的，妳怎麼一直怪我們韓家呢？」住在附近的小姑這時候走進來跟韓太太說道。

韓家的這個小姑，是松柏爸爸的妹妹，結婚後就住在家附近。由於她的先生長年在大陸工作，她帶著大學快要畢業的兒子住在韓家附近，也好互相有個照應。

而她的先生，「號稱」是在大陸工作，卻從來沒有拿錢回來過，就靠著這個小姑自己一個人工作養家拉拔兒子長大，也是非常辛苦。

不知道是不是因為她的婚姻過得並不好，所以她講起話來總是尖酸刻薄，而且挑三揀四的，常常把矛頭對著自己的大嫂還有松柏。

杜先生和杜太太一看到這位小姑進來後，就趕快找藉口回家了，他們也知道這個小姑不好惹，不想給自己找麻煩，杜太太私底下都稱這位小姑為「韓家女兒賊」，就是很會回娘家替自己挖好處的女兒。

「我說大嫂，其實松柏的眼睛早晚都要看不見的，你們現在花這麼多錢在他身上，不是等於把錢丟在水裡面嗎？」小姑這麼說道，而且她還不放棄的繼續說：「我早就說過，我們家大佑以後可以孝順你們兩個，也可以幫忙照顧松柏，其實妳也可以多栽培栽培我們家大佑啊！」

小姑常常跑來韓家說這種話，總是挑起韓太太心中的不滿與恐懼，她對她這位小姑也是避之唯恐不及，尤其是討論松柏的眼睛愈多，感覺愈是無解，只有恐懼愈來愈深。

至於男主角松柏……

松柏不是不知道自己的眼睛，他也是會害怕，只是他對於服裝的喜愛，常常超過他的害怕，以致於他常常可以沉醉在設計服裝的喜悅當中。

「松柏，在畫服裝設計稿啊？」筱梅下班時看到松柏在他們家，她拍拍這個小弟弟的肩膀。

「筱梅姐，妳下班了。」松柏從他的作品中抬起頭來，跟筱梅打了招呼。

「松柏，你的眼睛不要把燈靠得那麼近，眼睛容易疲勞。」筱梅叮嚀著松柏，順手把檯燈拿了遠些。

「是我現在不靠那麼近，看得就有點吃力了。」松柏回答道。

筱梅聽到松柏說的，讓她稍微有點難過，她趕快轉移話題，想讓松柏的心情能夠好點。

「是啊！你好勤奮！我看我爸爸媽媽一定比較希望是你當他們的孩子，而不是我。」筱梅哈哈大笑的說。筱梅還指著有一塊毛料做的拼布，跟松柏說那個拼接的線條非常好看。

「筱梅姐，杜伯伯、杜媽媽也很以你為榮，應該說我們這條巷子的人都很尊敬妳，妳看妳讀了台灣最好的大學，一畢業馬上就到有名的室內設計公司工作，我媽

每次提到妳，就覺得很榮幸小時候妳住在我們家，是她帶妳長大的。」松柏也笑著回答筱梅。

「我們一家人都很感謝你們家，我爸爸媽媽在紐約那麼多年，小時候就把我寄放在你們家，還好阿嬤和韓爸爸韓媽媽都當我是親生的一樣，讓我從來沒有缺過什麼，真的很謝謝你們。」筱梅滿是感恩的說道。

「我媽媽常說是筱梅姐自己上進，每次都自己好好的做功課、讀書，從來沒有讓人操心過，她常常希望我跟妳多看齊。」

「可是我也沒有按照我爸爸媽媽的意思，走服裝的路線，讓他們常常覺得很可惜，從紐約學來一身的本領，我卻沒有興趣學，還好有你松柏，你真的比較像他們兩個的兒子，完成他們兩個未完成的夢想。」筱梅點點頭說道。

筱梅還繼續說著：「我有時候可是很嫉妒你喔！他們兩個老的，常常在我面前說我們松柏怎麼的有天分，都不顧我會吃醋。」

「只希望我的眼睛不要讓他們兩個老的失望。」松柏嘆口氣說。

「怎麼樣？現在眼睛情況有沒有好一點？」筱梅不捨的問道。

松柏搖搖頭說：「其實我的視力狀況，已經該去申請就讀啟明學校，只是我希望能跟其他正常的孩子一塊上學，一直不願意去，但是我自己都有感覺到，我的眼睛是一年不如一年。」

「說到這裡，我有幫你買一些眼睛的維他命，我自己吃了很有效，就幫你買了幾瓶。」筱梅自己跑上樓去，拿了幾罐東西下來。

「筱梅姐，妳自己留著吃就好！我的眼睛是先天性的，也不是吃維他命能解決的。」松柏有點苦笑著說。

「我自己每天對著電腦看設計圖，其實也覺得眼睛一年不如一年，這個牌子的維他命是公司的前輩介紹的，吃了還真的有覺得比較好，喔！對了……」筱梅好像又想到什麼事，又跑上樓去。

這時候又看到她拿了大包小包的東西下來。

「松柏，你看這個眼罩型的東西，很好用喔！你可用溫水浸過，敷在眼睛上，很舒服的，可以舒緩眼睛的疲勞。」筱梅拿了一袋給松柏。

「筱梅姐，謝謝妳每次都幫我留意這種保養眼睛的東西，但是我擔心我還是會

讓妳失望了……」

「別這麼說，松柏，別說什麼失望的事情，一定有辦法的，就好像筱梅姐都覺得，眼睛有保養就是有差，一定會有辦法解決你眼睛的問題，讓我們一起努力，好嗎？」

「筱梅姐，謝謝妳，妳真的很像我的親姐姐一樣！」

「我是啊！我媽都說，你們家只有你一個孩子，我們家也是我這個女兒，而且兩家人都沒有什麼其他的親戚，將來我們兩個可是要互相照顧、相依為命的。」筱梅姐心疼的說道。

「我怕會帶來妳的麻煩，可能幫不到妳什麼。」松柏這樣子說道。

「不會，筱梅姐對你有信心。」

「我都對自己沒有信心了！筱梅姐為什麼會對我有信心呢？」松柏不解的問道。

「別忘了！筱梅姐以前小時候就是住在你們家，一直到國中快要升高中時，爸爸媽媽才從紐約回來，我知道阿嬤還有你們家的人都是很堅強、很好的人，我對你們都很有信心。」筱梅堅定的說道。

「可是我覺得很荒謬，妳不覺得很好笑嗎？我明明最喜歡的就是服裝設計，但是我卻有先天的眼疾，這不是命運在跟我開玩笑嗎？」松柏問著筱梅。

「沒關係，松柏，你只要知道，不管發生什麼事，筱梅姐都會在你身邊陪著你，就好像當年你們全家陪著我長大一樣。」筱梅講到這裡，都有點感性起來，她起身給了松柏一個擁抱。

「希望我的眼睛有好的進展，不要讓這麼多人失望了。」松柏淡淡的說道。

「我們不會失望的，就算哪天你的眼睛看不見了，筱梅姐相信，你的才華都不會被埋沒的。」筱梅肯定的說道。

但是，聽在松柏的耳裡，他沒有打下一計強心針的感覺。

松柏只是感到有點喘不氣來，感覺大家對他的愛，讓他有種一定要表現好的壓力存在。

03

腳踏車與鋼琴

松柏的學習，似乎也完全被他的眼睛所左右。

除了小姑姑嫌松柏學這麼多東西浪費錢以外，周圍的人總會想到：「趁松柏眼睛還好的時候，讓他去……」

「要不然以後眼睛看不見了，就不能……」

所以松柏就變得不斷的學習新事物，連他自己都不知道這到底是好是壞。「多學總是好事，可是學了這麼多，也說不出來到底自己用不用得到。」松柏自己這樣想著。

「松柏，爸爸幫你買了一台腳踏車，爸爸教你騎腳踏車吧！」有天松柏放學，爸爸興沖沖的這樣跟他說。

「又來了！」松柏笑著說。

「騎腳踏車很好玩的。」爸爸自己倒是很興奮。

「可是媽媽不是不准我騎腳踏車嗎？以前小時候曾經騎過一次，跌得鼻青臉腫的。」松柏不明白的問著爸爸。

「不要管那麼多啦！不會騎腳踏車好可惜啊！現在流行樂活騎腳踏車，我們兩

個男人玩我們自己的，不要管你媽怎麼說。」

「我真懷疑，如果我的眼睛好好的，爸爸還會要我學這麼多嗎？」松柏笑道。

「我看在我眼睛還沒有瞎掉之前，我會先變成十項全能的超人。」松柏自己挖苦著自己。

「不管你眼睛是好是壞，當個多才多藝的人不是也很好嗎？」爸爸這樣子說。

那個週末，爸爸就帶著松柏到公園學騎腳踏車。

爸爸先把兩隻手扶在腳踏車的後座，讓松柏慢慢踩著腳踏車前進。

其實松柏的心裡有點害怕，很想跟爸爸說：「爸爸，千萬不要放手，要不然我會跌下來。」

但是松柏礙於面子，覺得男人要有點氣概，不能這麼丟臉。沒想到這麼想時，爸爸就說了：「松柏，不要怕，爸爸一定會在後面扶著你，絕對不會放手的，你只管騎。」

結果松柏一直騎得歪歪扭扭的，晃個不停，爸爸的手也一直扶在腳踏車的後座，放都不敢放下來。

「不要怕，爸爸不會放手的，不要怕。」爸爸沒停的這麼說。

松柏騎到臉上的汗水，一顆顆的直落下，看起來頗為緊張。

「孩子，放鬆一點，不要怕……」爸爸直提醒著松柏別怕。

「我有害怕嗎？」松柏聽爸爸這麼說後，一直在心裡想著這件事。

「好吧！豁出去試試看。」松柏在前座下了這個決定，然後大聲的對後頭的爸爸喊說：「爸爸，放手！」

爸爸一聽到松柏這麼喊後，就在後頭放手了，松柏使勁的踩著踏板，腳踏車飛快的往前騎。

「好像滿容易的！」松柏好不得意，結果等到他看到前面有個小女孩在前頭時，一下子閃躲不及，他把腳踏車龍頭往旁邊快轉，可能速度太快了，他整個人連車一起跌落在公園的草坪上。

「松柏，沒怎麼樣吧！」爸爸趕緊追上前來。

「沒關係的……」松柏自己站了起來拍拍身上的灰塵。

「腳踏車比我想的容易騎！」松柏這麼跟爸爸說道。

「才跌個狗吃屎，還這麼臭屁！」爸爸笑他。

「在跌下來前，我其實有抓到騎腳踏車的技巧。」松柏這麼說。

「要不要今天先到這裡休息一下，改天再來公園練習，騎腳踏車也不用急。」爸爸有點擔心的說。

「爸爸，你就當我眼睛好好的，是個正常人，不要對我這麼客氣啦！」松柏有點怪著爸爸。

「好好好！我們松柏最勇敢了！他說行就行的，來，我們再來，繼續！」爸爸附和著松柏。

「爸爸，你還是先幫我扶一下，一樣，我說放手的時候就放手！」松柏跟爸爸耳提面命的交代著。

「好的、好的，松柏怎麼說，爸爸就怎麼做。」爸爸笑說。

松柏還是搖搖擺擺的騎在腳踏車上，等到他喊放手時，爸爸怎麼也狠不下心來放手讓他往前騎。

「爸爸！你怎麼都不放手？」

「對不起，對不起，松柏，再來一次！」

「要記得放手喔！」

「會的，會的，這次爸爸一定記住要放手。」

結果這次爸爸還是捨不得放。

這時候公園有個老先生看到松柏和爸爸騎腳踏車的模樣，好心的跑來跟爸爸說：「這個爸爸，你要放手，孩子才能學會騎腳踏車。」

爸爸有點不捨的說：「我怕他會跌下去。」

老先生繼續說道：「每個小孩學騎腳踏車，都是一邊跌才學會的，反而是你這個當爸爸的人要學會放手才是。」

「孩子的眼睛不好，我才比較謹慎點。」爸爸有點不好意思的解釋。

「如果你把孩子當成病人，他就一輩子都是病人；如果你把他當成正常人，他就有可能當個正常的小孩，要放手啊！」老先生看出爸爸的端倪，這樣跟爸爸苦口婆心的說道。

爸爸滿臉不好意思的點頭。

結果，就在爸爸放手之後，松柏跌個幾回，當天回家之前，松柏就已經可以在公園騎腳踏車溜達了。

爸爸今天陪松柏騎腳踏車，自己好像也學到了一課，在回家的路上，他跟松柏說道：「雖然今天是陪松柏學騎腳踏車，可是我好像才是真正在上課的人，原來我是應該學著要放手。」

松柏看著爸爸，笑著點點頭。

「可是爸爸，老爺爺只說對了一半。」松柏這麼跟爸爸說。

「怎麼講？」爸爸問道。

「前面的時候，有爸爸在我後面扶著，我覺得很安心，知道如果我跌倒了也沒關係，爸爸一定會馬上到我身邊來。」松柏這樣子講。

「真的嗎？」聽到松柏這麼說，爸爸滿是感動。

「是啊！所以你沒有做錯，不要太檢討自己，爸爸和媽媽老是太檢討自己，對自己太嚴格了。」松柏拍拍爸爸這麼說。

「我們松柏真的長大了！」爸爸看著松柏欣慰的說。

「爸爸，或許以後我的眼睛真的會看不見，你不用太擔心，我也會像騎腳踏車一樣，慢慢學會怎麼過我的生活。」

「唉……」聽到松柏這樣子說，爸爸嘆了好大的一口氣，內心實在是百感交集，很難形容到底是高興還是難過。

◆

「逐漸失明」往好處想，是讓大家都有心理準備，有時間可以調整、接受，或是為生活先做準備、適應。可是有時候，這樣子的方式，可能比一出生就失明還來得折磨人。

所有的人的心思意念都為了一件還沒有發生、在以後才會發生的事情，在那裡盤算著、度量著，這是很折磨人的。

松柏其實從很小的時候，就開始學鋼琴。

之所以會學鋼琴，也是媽媽認為：「即使以後松柏眼睛看不見了，還是可以彈鋼琴，不是嗎？」

松柏原本很排斥去學鋼琴，他心裡不是不知道媽媽的想法，但是他討厭這種為

了「失明」而學習的學習。

「沒關係，松柏，你去上上鋼琴課，如果真的很不喜歡，就不要學，不勉強的。」阿嬤這樣勸著松柏。

「媽媽每次都這樣，好像我現在所有的生活都是為了失明而準備的。」松柏不以為然的表示。

「阿嬤知道，阿嬤也是這樣子過來的，但是到現在都還沒有失明，感覺好像白準備了一樣。」阿嬤自己說到笑了出來。

「感覺好像每個人都猜錯一樣。」阿嬤繼續笑著補充道。

「阿嬤，妳真的很樂觀，都還笑得出來。」松柏自己倒是苦笑著。

「最痛苦的時候，是不能接受現實的那段時間，接受了，也就海闊天空了。」

阿嬤這樣跟松柏說道。

松柏也就順著媽媽的意，去學了鋼琴。

「松柏，老師說你很有天分耶！」媽媽興奮的跟松柏說。

「可能她要跟妳收學費就這麼說吧！」松柏沒表情的回道。

「老師說你的聽力很好，音準也很棒。」媽媽敘述著老師的說法。

「可能是我的眼力不好，只好聽力好了。」松柏還是沒那麼起勁的說。

結果媽媽還是在松柏小學的時候，節衣縮食的買了一台練習用的直立式鋼琴放在家中讓松柏彈。

原本對於鋼琴並沒有那麼喜愛的松柏，常常在阿嬤的央求下，為她彈奏一些詩歌。

「真的是好好聽啊！感覺有很多的天使都圍上來聽著松柏彈的詩歌。」阿嬤閉著眼睛享受著。

「真的有那麼好聽嗎？阿嬤！」松柏有點難以置信的問著。

阿嬤什麼話也沒有說，只是點了點頭。

但是她的表情，讓松柏覺得自己真是做了一件好事。

有時候，阿嬤也會邀請一些朋友來家中，請松柏幫忙彈奏鋼琴，大家一起唱著詩歌，久而久之，松柏不但鋼琴彈得更好，他對於一些樂理、移調，也比其他學鋼琴的孩子表現的好。

「阿嬤的朋友都說，松柏每次幫我們調整音調，比卡拉OK做得好多了。」阿嬤和朋友都這麼稱讚松柏。

松柏覺得這真的只是舉手之勞，不算什麼，但是他倒是對於鋼琴演奏愈來愈有興趣。

這一陣子，媽媽開始覺得要幫松柏買台三腳架演奏鋼琴。

「不用吧！媽媽，我用不到那麼好的鋼琴，那種琴太貴了。」松柏這麼跟媽媽說道。

「媽媽每次看你上課，彈老師家的三腳架鋼琴，媽媽就覺得松柏也該買一台才是。」

「媽媽，我們家的經濟狀況也不是說多好，妳真的不用花這著錢。」

可是松柏怎麼勸媽媽，媽媽都聽不進去。

松柏的媽媽有一種很奇怪的心理，她老是覺得沒把松柏的眼睛生好，心裡對孩子有點愧疚，就很想在別的事情上彌補松伯，特別在一些物質上，總希望給松柏最好的，即使超過他們家的能力範圍，媽媽也還是會想辦法努力去達成。

媽媽這樣的想法，也讓小姑姑很不是滋味。

「其實大佑的身上也是留著韓家的血液，可是有什麼好處時，媽媽和哥哥大嫂絕對不會想到我們家的大佑，真的是很不公平。」小姑姑在那裡抱怨著。

小姑姑這麼不避諱的說，讓媽媽也好生尷尬。

「只是因為我們家大佑姓劉，而松柏姓韓，就有這麼大的差別嗎？你們為什麼都不能體諒我一個人帶著一個孩子有多麼的辛苦呢？多幫著我一點呢？」小姑姑愈說愈酸。媽媽也不好說些什麼。

不過媽媽還是到樂器行去問了問三腳架鋼琴的價錢，從那天之後就開始每天早上送報、送牛奶。

樂器行家也訂了牛奶，每天早上松柏媽媽送牛奶過去，樂器行老闆總是指著透明櫥窗中的三腳架鋼琴說：「松柏媽媽，這台三腳架鋼琴，我看我是不能賣給別人，特別要留給你們家松柏的。」

松柏媽媽總是得意的說：「是啊！那是我們家松柏要彈的。」

看著松柏媽媽騎摩托車送牛奶的背影，樂器行老闆總是搖頭說道：「母愛真的

是很偉大。」

樂器行老闆還問了媽媽說：「這台三腳架鋼琴要放到你們家的什麼地方呢？有地方可以擺嗎？」

「有啊、有啊！我打算放在客廳，我們家的客廳還有一小塊空地，我稍微量過後，應該是可以放得下這台三腳架鋼琴。」媽媽這麼解釋說。

「松柏媽媽，妳這樣還要存錢存多久才能買啊？」樂器行老闆問道。

「當然希望愈早愈好，不過看起來，可能存錢要存到松柏讀高中才能把這台鋼琴搬到我們家。」媽媽一臉阮囊羞澀的模樣。

「也不知道我們家松柏那時候眼睛是不是還看得見？」說到這裡，媽媽偷偷拿著袖子擦了擦眼淚。

「再努力多送些牛奶，發傳單，讓孩子盡量早點收到鋼琴，在眼睛好好的時候，就可以看到這台鋼琴長得怎麼樣。」媽媽做了個努力的表情，繼續騎上摩托車往前奔波去。

「母愛真的是很偉大，我只能這麼說。」樂器行老闆不捨的搖搖頭。

結果那天松柏媽媽在外面發傳單，晚上回家後。大老遠的，媽媽就看見松柏在巷子口等著她……

「松柏，發生什麼事了？」媽媽有點緊張的停下摩托車。

「媽媽，有大事情發生了！」松柏一臉神祕的模樣。

「你眼睛看不見了嗎？」媽媽兩隻手抱著松柏的臉，用力的細看著。

「不是啦！媽媽，我的眼睛還看得見啦！」

「那是怎麼了？孩子。」

「來，妳停下車，閉上眼睛，我帶妳回家，不許偷看喔！」

媽媽照著松柏的話做。

等到她張開眼睛的時候，印入她眼簾的就是……

樂器行櫥窗裡的那台三腳架鋼琴，只是現在放在松柏家的客廳裡了。

「這是怎麼回事啊？」媽媽有點不敢相信自己的眼睛。

04

樂器行老闆的主意

「是樂器行的老闆送來的！」爸爸感動的說道。

「他說與其放在他們店裡，倒不如放在我們家還比較有用。」爸爸繼續解釋道。

「可是我們沒有付給他錢啊！」媽媽不好意思的說。

「樂器行老闆說，反正妳每天都會去他們家送牛奶，從那個錢扣就好了，他就再也不給妳送牛奶的錢。」爸爸說道。

「那要付到民國幾年啊？可能我死了都還付不完啊！」媽媽的不好意思全寫在臉上。

「我們也有說不要這樣客氣啦！」當時也在場的阿嬤這麼說。

「老闆說，妳希望早一點送給松柏，每天看妳這麼辛苦，他都感動了！」爸爸這樣子說。

「而且老闆說，琴都已經搬過來了，如果還要他再搬回去，還比較麻煩。老闆還說，剛好他也可以換一台新的鋼琴放在老位置上，省得人家覺得他小氣，樂器都不換新。」阿嬤也這樣說道。

「不過，松柏啊！你還是可以去問問樂器行老闆，有沒有什麼忙是你可以幫的，人家這麼熱心搬了台鋼琴過來，總要有禮貌去謝謝人家吧！」爸爸跟松柏這麼說，松柏也點了點頭答應。

第二天，松柏去找樂器行老闆，老闆倒是提了件新鮮事：「松柏，你有沒有興趣來參加我們的團？」

「什麼團？」松柏一頭霧水的問道。

「因為我們樂器行除了古典樂器以外，現在也在開發一些流行音樂的樂器，有幾個同學在組搖滾樂團，正缺一個鍵盤手，你要不要來試試看？」

「樂團？可是我學的都是古典音樂，鍵盤和鋼琴應該也差很多吧！」松柏著實嚇了一大跳。

「應該還好，你有古典音樂的底子，學這個鍵盤應該很快就能夠上手，怎麼樣？加入我們的樂團吧！」老闆一直鼓勵著松柏。

「那也要看樂團的人願不願意接納我吧！」松柏這麼說道。

「會啦！會啦！他們人都很好相處的。」老闆笑著說。

但是松柏第一次看到樂團的人，其實還滿受「驚嚇」的。

松柏這個時候還是個國中生，雖然這個岩樂團是樂器行老闆發起的，找了幾個同學一起來參與，但是這些同學都是高中生，比松柏大了幾歲，可是……

他們的感覺就是跟一般「清純」的學生不太一樣，感覺比較「壞」，花樣很多，讓松柏不太習慣。

「你叫松柏是不是？」吉他手阿昌是這個岩樂團的團長，他主動問了松柏。

松柏乖乖的點了點頭。

「這家樂器行的老闆說你的鋼琴彈得很好。」阿昌講起話來有一種不像學生的「江湖味」。

「嗯……我學古典鋼琴很久了，但是沒有摸過這種流行音樂的鍵盤，不知道能不能幫得上你的忙，而且我的眼睛……」松柏有點囁嚅的說著。

「眼睛怎麼樣？快點講！」阿昌可能樂團團長當久了，講話總有種發號司令的味道，松柏的眼睛雖然不好，但是依稀可以看得出來他本來嘴型是要說「有屁快放」的樣子，但是臨時縮了回去，改成「快點講」。

「我的眼睛以後可能會完全失明，我擔心到時候沒辦法幫上忙。」松柏覺得先把話講清楚比較好，省得以後囉唆。

「瞎了是會怎麼樣啊？你沒看我們彈東西都幾乎閉著眼睛彈！不想幫忙就不要隨便找理由。」阿昌有點沒好氣的說道。

「我不是這個意思，只是要先把我的情況跟你們說清楚而已。」松柏有點不好意思的說。

「好！那這台鍵盤就由你負責了。」阿昌把一台鍵盤丟給松柏，要他自己回家研究。

「有人會教我嗎？」松柏問道。

「自己研究！我們如果自己會的話，就不會向外找人了！」阿昌沒好氣的說。

「喔！好！」松柏「乖巧」的接下阿昌的「指令」。

「還有……」松柏小心翼翼的說道。

「有話快說，我們還要練團喔！」阿昌吼道。

「是這樣的，我想知道為什麼要叫岩樂團？」松柏小小聲的問。

「rock啊！rock就是岩石，也是搖滾，我們就叫岩樂團，這樣明白了嗎？」阿昌說完，就帶著其他團員練習起來。

岩樂團加入松柏之後總共有五個人。

阿昌是團長，也是吉他手。

另外三位是主唱小羅、鼓手大連還有貝斯手天藍。

雖然松柏真的比較喜歡彈鋼琴，但是平白拿了老闆一台三腳架鋼琴，他也不好意思不去幫忙岩樂團的事情。

他只是一直覺得跟他們不是很「合」。

連松柏媽媽有一次去樂器行找松柏，看到他們那一團人，都忍不住問老闆說：「這些孩子都正常嗎？」

老闆大笑著說：「他們只是愛搞怪，可是都是心地善良的孩子，不要被他們的外表嚇到了！」

「沒有啦！老闆，我們是很謝謝你把這麼好的鋼琴搬來我們家，但是我會有點擔心，松柏跟著他們在一起，會不會學壞啊？」媽媽緊張的問道。

「松柏媽媽，我打包票，他們只是外表不羈，可是都是很不錯的孩子！妳看……」老闆指著樂器行外面貼著的標語說。

「學音樂的孩子不會變壞，我是真的這麼認為，不會組個樂團來搞壞自己的招牌。」老闆信誓旦旦的說。

「喔……」媽媽有點懷疑的點了點頭。

「我是真的覺得松柏跟這些孩子在一起，對他會更好，才這樣介紹的，松柏媽媽，你要相信我，我不會害松柏的。」老闆跟媽媽再三保證。

媽媽還是有點提心吊膽的答應了老闆，不過要他一定要多看好松柏，別跟著那群小鬼學壞。

松柏由於古典音樂的基礎非常好，在學鋼琴時的樂理、和聲，他都沒有白學，所以摸起這個合成器的鍵盤，他非常快就上手了。

「松柏，你怎麼那麼厲害！」幾個團員圍著他，都不敢相信那台鍵盤丟給松柏一個禮拜，他就彈得這麼好。

松柏心想：「我只要把彈鋼琴十分之一的大腦拿來彈鍵盤就夠了！」可是他不

敢跟他這些「江湖味」甚重的團員這麼說。

由於樂器行的老闆，常常辦一些小型的演唱會，來推廣他賣的樂器。所以松柏沒多久就跟岩樂團的團友們開始表演。

他雖然始終沒有很喜歡搖滾樂，但是卻愈來愈喜歡他的團員們。

這些團員跟他的同學不太一樣，他們的個性都比較特立獨行，每個人的個性都不太一樣。

像是貝斯手天藍，他就很有想像力，每次來練團的時候，就會假裝他是一種植物或是動物。

有一天，他硬要說他自己是一朵花，全團的人就得跟著他演起來。

有時候他要假裝自己是頭豬，縮在地上，抓著團員的衣角就要咬起來。

「你這隻豬真的很惹人厭耶！」鼓手大連的脾氣非常壞，天藍要咬他的衣服時，他火起來就要揍他。

「岩樂團的鼓手打豬喔！救命啊！」天藍在喊時，還不忘記自己是一頭豬。

大連聽到更火了，拳頭真的要飆下去，全團的人都忙著勸架。

把兩個人，或者說人和豬分開後，全團的人又哈哈大笑了起來。

松柏跟著岩樂團的朋友們「混」，整個人開朗了不少。

「看起來樂器行老闆是對的，讓他去參加樂團，個性是外放了不少，不會那麼陰沉沉的。」松柏的爸爸私底下偷偷跟阿嬤和媽媽這麼說道。

「是啊！是啊！真的是託樂器行老闆的福。」阿嬤一臉感謝的樣子，她總說樂器行老闆是他們一家的福星，是松柏的貴人。

「可是，那些孩子看起來真的還是比較怪！」媽媽總是說岩樂團的那群人看起來就像「工人」，氣質很差。

「搞樂團就是這樣啊！」爸爸倒是比較開明。

「松柏沒變壞就好了！」阿嬤安慰著媽媽。

「我是想說趁他眼睛還好的時候，盡量去做喜歡的事，怕以後沒機會了！我是這樣才讓他繼續玩樂團的。」媽媽這麼說道。

松柏雖然課外活動很多，但是也順利考上地方的公立高中。

已經上大學的主唱小羅，那時候已經有駕照，家裡幫他買了一台中古車，全團的人為了慶祝松柏考上高中，還開車出去狂歡。

小羅他們開到一個風景區，下山的時候闖了一個大紅燈，交通警察就跟了上來，一車的人嚇個半死……

小羅把車停在路邊，一車五個小鬼轟的跑了出來，躲到一棟公寓的樓梯口，在那裡窩了半個小時。

「我們還說自己玩岩樂團很帥呢！這個場面丟臉死了。」團長阿昌在那裡嚷嚷著。

「你講話可以小聲一點嗎？要告訴警察我們在這裡喔？」小羅跟阿昌使了使眼色。

「要躲多久啊？」松柏問道。

「也該出去了吧！」

「是啊！一直躲在這裡，一點男子氣概都沒有。」

這五個半大不大男孩，在那裡你一言我一句的吵著。

「再躲下去，我會想揍人了！」火爆脾氣的鼓手大連開口了。

「你平常打鼓，你的氣都不會用打鼓的方式消掉喔？」貝斯手天藍老是喜歡調侃大連。

「你是欠揍喔？」大連又舉起拳頭要對著天藍。

「出去看看、出去看看，別窩在這個公寓了。」大家為了勸架，就硬著頭皮出去找車。

結果不知道為什麼，原本以為跟在他們後面的警察也無影無蹤，車也好好的在那裡，五個人就在山邊在那裡興奮的狂吼著。

雖然手上沒有樂器，但是他們吼得跟演唱會一樣。

松柏看小羅開車的樣子很帥，就央求讓他開一下車。

「你又沒駕照，我們才剛剛躲過警察，這樣不好吧！」小羅有點捨不得自己的「愛車」讓松柏開，就這樣說道。

「我們今天是慶祝松柏考上高中，你就大方一點行不行啊？」團長阿昌出來講話了。

「可是……等等警察又來了，該怎麼辦？」小羅還是不太願意的樣子。

「警察總不會只跟著我們吧！」天藍也這麼說。

小羅只好心不甘情不願的把車子讓給松柏開。

「開車好帥啊！」松柏照著小羅教他的方式，小心翼翼的開著。

可是突然之間，松柏的眼前一片漆黑。

「啊！」松柏叫了出來，然後踩了緊急煞車。

之後松柏就失去了知覺。

等到他醒過來時，他的人已經在醫院了。

「松柏你醒了喔！」松柏的眼睛還模模糊糊的，只看到床頭黑壓壓的一片都是人。

從聲音他可以聽得出來整個岩樂團和自己的家人都在。連樂器行的老闆都來到醫院。

「醒過來就好，你們這些人，怎麼會讓松柏開車呢？他又沒有駕照。」只聽到老闆責問著岩樂團的團員們。

「老闆，本來小羅是不願意的，是我一直求他讓我開，我很想試試看開車是怎

麼樣的感覺。」松柏幫團員們說話。

「你剛剛開車是發生了什麼事？」媽媽緊張的問道。

「就是眼睛突然什麼都看不見了！都是黑的一片。」松柏解釋道。

松柏這麼一說，阿嬤和爸爸媽媽的臉色都一沉，爸爸還小聲的說道：「這一天終於來了啊！」爸爸雖然講得非常小聲，但是在場的人幾乎也都聽見了。

「現在呢？眼睛怎麼樣？」阿嬤問著松柏。

「你們我都看得見。」松柏答道。

「那就好……」阿嬤拍著自己的胸口，一臉「好加在」的神情。

「醫生是說要做個詳細的檢查。」媽媽跟松柏講著。

松柏點了點頭，他也心知肚明情況可能是如何。

「松柏！我們是rocker！是打不倒的！」團長阿昌舉出一個搖滾樂的手勢。

松柏也開心的舉起這個手勢跟他們回應。

「rock你們個頭呢！剛剛差點rock下山去！」媽媽這回終於忍不住跟幾個團員大聲了起來。

「不好意思、不好意思，我一定好好管教一下。」老闆出來打圓場。

「搖滾不死……」倒是松柏繼續舉著手勢跟團員們打氣。

「不過，其實我還是比較喜歡古典鋼琴。」松柏補上這麼一句。

「沒關係，我們允許你又搖滾又古典。」團員們一個個上前跟松柏拳頭對拳頭，像哥兒們般的道別。

「媽媽，松柏有這麼一群好兄弟，妳不要怪人家啦！」爸爸看到這些男孩間的情感，心有戚戚焉的說道。

松柏也跟媽媽點了點頭，他自己沒有其他的兄弟姊妹，雖然跟鄰居筱梅有著像姐弟般的情感，但這又跟樂團們的哥兒們很不一樣。

05

豪華登台

在醫院經過完整的眼部檢查後，主治醫生是要松柏一家人要有點心裡準備。

「他的情況可能不太樂觀，隨時有可能會看不見。」醫生這麼說道。

「醫生，從他出生，你就說醫學有可能進步，為什麼進步到現在，我兒子的眼睛還是會看不見呢？」媽媽講著講著都哭了出來。

「韓太太，我很抱歉，松柏也是我從小看到大的，我也希望他永遠健健康康的，但是我只能說我們都盡力了。」主治大夫滿臉不捨的說道。

「是啊！松柏的媽媽，別再埋怨醫生了！人家也是很認真的幫我們家許多忙，該謝謝人家。」阿嬤點頭微笑著說。

「阿母，我是不甘心啊！」媽媽哭著跟阿嬤這樣子說。

「我們盡了這麼大的努力，結果換來的卻是這樣的結果，我好不甘心啊！阿母！」媽媽悲從中來哭道。

「媽媽，別這樣，這樣只會讓松柏更難過而已。」爸爸盡力勸著媽媽。

松柏聽到醫生說的話，他除了麻木，還有點撲克牌要「攤牌」了的感覺。

等到從醫院回家後，小姑姑帶著大佑來松柏家。大佑大學延畢要考研究所，結

果他想考的多媒體互動設計一間都沒考上，而有扁平足的他也不用服兵役，馬上面臨就業的問題，小姑姑的意思是希望阿嬤和松柏的爸爸能夠幫忙，讓喜歡攝影的大佑開一間攝影工作室。

「為什麼那麼急著開工作室，其實可以先到雜誌社去當攝影師累積經驗不是很好嗎？」松柏的媽媽問道。

「大嫂，說穿了妳就是想要栽培妳自己的兒子，不願意把錢花在我兒子身上！讓我的媽媽和大哥也幫忙栽培我的兒子不行嗎？凡事都有先來後到，我在韓家跟我媽媽哥哥相處的時間比妳久多了！」小姑姑講到這點就愈說愈有氣的樣子。

「小姑，不是我不願意幫忙，我們也是省吃儉用過日子的人，妳一下子要我們掏出一百萬幫大佑開個攝影工作室，真的有這個必要嗎？」媽媽不解的問道。

「是啊！之前不是有個雜誌社的攝影問他有沒有興趣去他們雜誌社上班嗎？」阿嬤也問了起來。

「可是那個工作只有兩萬多塊而已啊！」大佑這麼說。

「一個大學畢業生，這個薪水已經很好了！而且你沒有任何的工作經驗就要開工作室，行得通嗎？」松柏的媽媽問了起來。

「大哥，你怎麼都不說句話呢？你看大嫂，要你們幫幫我，就是藉口一大堆，栽培起松柏這個瞎子，就是花錢花到不遺餘力！」小姑姑氣呼呼的說道。

松柏的爸爸還是靜默不語。

小姑姑惱羞成怒帶著大佑走了出去，邊走邊說：「我倒要看看你們重金栽培的松柏，這個瞎子將來會有什麼出息？」

在房間裡的松柏從頭到尾聽到這些，雖然很想衝出去跟小姑姑吵，但是也只能忍下來跟自己說：「韓松柏，你要爭氣點，證明你不是被白疼的。」

出院沒多久，樂器行老闆馬上就要準備一場表演，這場表演的前面松柏需要演奏鋼琴，到了最後則是岩樂團壓軸。

「松柏，我喜歡的馬子這場演唱會會來，我要讓你看看我喜歡的女人長成怎麼樣。」已經上大學的小羅很得意的在團員面前這樣說，特別是跟還在讀高中的松柏這樣愛現著。

「我喜歡的馬子說如果我唱得好的話，她的臉就對著我，如果唱得爛的話，他

就要背對我。」小羅得意洋洋的說道。

「你得意什麼啊？人家是抱著看笑話的心情來聽岩樂團的表演吧！」其他團員們打鬧著，也覺得小羅得意的太早了。

「松柏，你要幫我的衣服做得好一點啊！要讓我喜歡的馬子看到我小羅是這麼帥的男人！」小羅跟松柏耳提面命的說著。

岩樂團的大哥哥們對於松柏這個小老弟，照顧的時候非常照顧，而松柏也有讓人心疼之處。

多才多藝的松柏自從進到樂團後，岩樂團彷彿如虎添翼，鍵盤樂器的熟練當然是不用多說，最讓樂團成員驚訝的是，松柏竟然還會做衣服。

松柏把杜伯伯家的剩布拿來，再到美術用品社買些不織布，就可以做出非常華麗的登台服裝。

「穿上松柏做的衣服，我開始更有自信我是一個搖滾樂手了！」小羅在試穿衣服時這麼說道。

「尤其是彈電吉他時，我的手這樣揮，還有流蘇在這裡動著，感覺太酷了！」

吉他手阿昌對於松柏的手藝也是讚不絕口。

「這麼有才華的小老弟，竟然會有看不到的一天。」團員們私底下常常不勝唏噓，但是在松柏面前是一個字也不敢提。

「松柏，你又會彈鋼琴、彈keyboard，還會做衣服，這麼多才多藝，到底你最喜歡的是什麼啊？」團長阿昌忍不住問了松柏。

「教我做衣服的杜伯伯杜媽媽都要我不要設限，或許慢慢發展自己的興趣，就會找到別人無法取代的才能，不過如果我只能選一樣的話，我是很喜歡設計服裝，第二是古典鋼琴……」松柏這麼答道。

等不到松柏答完，貝斯手天藍就說：「玩樂團還排不上前兩名，枉費我們對你這個小老弟這麼好！」

「其實會來玩樂團，也是為了還老闆一個人情，但是我喜歡樂團的團員，勝過玩樂團。」松柏老實的說。

「真的嗎？那還算沒白疼你。」大夥兒都來敲一下松柏的頭，幾個男生又在練習室裡打鬧了起來。

「可是，你如果接下來看不見的話，還能設計衣服嗎？」天藍像是想起什麼一樣的問起松柏。

「應該……就是不行了，看不見應該就是沒辦法設計衣服、做衣服，太勉強了。」松柏回答的有點緩慢。

「沒關係，眼鏡就算看不見，還是可以跟我們一起玩樂團，反正樂譜都可以打成點字譜，我們不會放過你的。」阿昌團長很豪氣的說。

「是啊！你是我們的好兄弟，絕對不會讓你好過的。」一群男生又在那裡打鬧了起來。

松柏聽到團員們這麼說，心裡真是百感交集，他很開心和團員們之間兄弟般的情誼，但是也很難過自己的某部分才華，好像馬上要被截掉了一樣。

「要把握現在的機會，現在每設計一次衣服，都像是最後一次做一樣，要珍惜啊！」松柏在心裡這樣告訴自己。

松柏還要有車的小羅開車載他去永樂市場，買了許多鉚釘。回到樂團練習室後，松柏拿著鐵鎚，土法煉鋼的釘起鉚釘，讓上台的服裝更見搖滾風。

「這真的太猛了，簡直就是巨星風采，那個馬子一到台下，再聽到我開口這麼一唱，一定愛死我了。」小羅開心極了，鉚釘還沒完全釘好，樂不可支的他完全等不及的先行試穿，還穿到外頭給樂器行老闆和員工「品香」一下。

松柏在練習室繼續做著舞台服，天藍拿著自己的那件，又在那裡假裝自己是朵花，縮在練習室的牆角。

「松柏！你在忙嗎？」天藍問起松柏。

「還好，就是釘鉚釘而已，還可以講話。」松柏的嘴巴叼著一個鉚釘，然後用鐵鎚繼續敲打著，還邊跟天藍講話。

「我們要不要等到表演結束後，一起來玩個假裝瞎掉的遊戲。」天藍在角落繼續當著他的花，這麼建議道。

「你真的很愛玩假裝的遊戲，你覺得裝瞎很好玩嗎？真是有夠瞎的！」松柏有點火氣的說。

「你先別生氣，這是大連才會做的事，我會這樣說是有道理的，或許大夥兒這麼害怕你瞎掉，可能是白擔心了，或許我們一起假裝瞎個一天，就會發現也沒有我

們想的那麼嚴重。」天藍這麼建議著。

「可是那我自己一個人去假裝就好了，何必全團的人一起來呢？」松柏不理解的問道。

「你不知道我們當你是兄弟，很想跟你同舟共濟嗎？白痴！」天藍像是罵起一個小笨蛋一樣的吼了松柏幾聲。

「喔……」松柏沒有說什麼，內心卻有一種特別的暖流流過，釘起舞台服的鉚釘也釘得更起勁了。

到了表演的這一天，原本臭屁到不行的小羅，還沒上台就開始緊張萬分了。

「你真的是很沒用耶！我要是那個馬子，我才不會喜歡你，看你現在這個樣子，應該什麼都不會唱了吧！」團長阿昌邊調電吉他，一邊罵岩樂團的主唱小羅。

「你們也好心點，我愛的馬子要來看我表演，我當然會緊張，要不然下回你們叫自己喜歡的女人來，看你們會不會緊張？」小羅不停的搓著兩隻手，腳還抖個不停，緊張的說道。

「松柏，你要先開場，老闆要你準備著！」貝斯手天藍從前台跑到後來，跟松柏提醒著。

「你們家來了很多人，好像同學也來了不少。」天藍補充道。

松柏從後台望去，眼睛卻是有點迷茫，看不太清楚，只見人頭黑壓壓的一片而已。

「眼睛真的愈來愈不行了！」松柏小聲的自言自語道。

「松柏，眼睛這樣到底能不能表演啊？」阿昌擺出老大的樣子，問著松柏。

「鋼琴和鍵盤應該都還好，即使眼睛看不見，也還是可以彈，反正譜都熟了，盲彈都可以。」松柏這樣子說。

「那就好！不要太勉強，反正只是一個小表演，就算出錯也沒關係，知道嗎？不要給自己太大的壓力。」阿昌叮嚀著。

松柏點了點頭。

「這個給你。」阿昌拿出一個紅色的小布袋。

「團長，這是？」松柏不解的問道。

「是我去求來保平安健康的平安符。」阿昌說到這裡，有一種不好意思的羞

怯，好像很怕別人看穿他的心思一樣。

阿昌團長之所以會當團長，當然他兇起來是很兇，很有執行力和領導能力，但是也有「鐵漢柔情」的一面，照顧起人也有他的細膩之處。

「我阿嬤說這家的平安符很有用。」阿昌補充道。

「團長自己不留著嗎？」松柏問著。

「這是特別幫你求來的，就是要給你，我為什麼要留著啊？」阿昌笑道。

「收起來趕快放在口袋裡，準備要登場了，那台三腳架鋼琴已經架在那裡等你！」阿昌繼續說著。

松柏點點頭，然後慢慢走出後台，站在台上時，看到台下一大片人，加上燈光很強，他當場就有點站不住，暈眩了起來。

但是松柏很快的抓住三腳架鋼琴的一角，鎮定的摸著鋼琴走到位子上。

後來的團員們看松柏有點不對勁，也不敢上前，深怕影響到他的表演。

松柏今天彈的是巴哈的無伴奏組曲，他深吸了一口氣……

「在台上就是自己一個人而已，只能靠自己，不能靠別人，松柏，要撐下去。」松柏自己對自己說道。

松柏抓了抓阿昌團長為他求的平安符，再跟自己說道：「有這麼多愛我的人，不能讓他們失望，要為他們也為我自己演奏下去……」

團員們在後來看到松柏在鋼琴前面楞了好一會兒，脾氣暴躁的大連都快衝到前台去了。

「你別衝動，大連。」阿昌跟大連這樣子說。

「他可能眼睛整個看不見了，不出去幫他嗎？」大連問道。

「這是他的舞台，他只能靠自己，我們也只能在這裡看著他，為他加油，他一定行的。」阿昌跟大連點點頭。

果然，松柏調勻呼吸後，馬上第一個音出來，就讓所有人鬆了一口氣。

松柏的眼睛雖然一片花花的，也看不清楚琴鍵，但是鋼琴是一個可以憑觸覺演奏的樂器，而松柏也早就把譜背熟了，所以看不見琴鍵，對他的演奏來說，根本不是問題。

松柏演奏完後，底下響起熱烈的掌聲，家人和同學都上台獻花。

「天啊！連我喜歡的馬子都獻花給松柏，那她手上沒花了，等等怎麼獻給我啊？」小羅看到這個畫面，在後台大叫著。

「真是看不出來，這個小鬼，惦惦吃三碗公，把我喜歡的女人的注意力都奪去了。」小羅繼續哀號著。

天藍笑著說：「你沒看到底下很多小女生，看到松柏演奏鋼琴的時候，那種表情就像看到白馬王子一樣，如痴如醉的。」

小羅酸酸的說：「我也會彈鋼琴啊！如果不是沒有人唱主唱，我也可以去彈鋼琴。」

「你彈的沒辦法聽，我們是沒辦法，只好把你放在主唱，你去彈哪一樣樂器，那樣樂器就掛，你忘記了嗎？」阿昌笑著提醒小羅。

「我哪有那麼差，你們真是有了新人忘舊人，有了松柏就把我的好踢到一邊了！」小羅抗議著。

大家繼續嘲笑著小羅，也給回到後台的松柏一個又一個的大擁抱。

松柏一回到後來，由於前台的燈光很亮，後台暗了許多，他馬上眼睛又調適的不好，走到後台有點踉蹌不穩。

一群大男生趕緊上前扶住松柏。

「不要緊吧！」

「眼睛又看不見了嗎？」

「要不要在後台休息，等等就先不要跟樂團上場。」

岩樂團的人一個個焦急的問道。

松柏整個人坐在後台的椅子上，將頭埋進兩個手掌當中，安靜了一會兒。

「沒關係的，大家不用擔心我。」松柏這才緩緩的說著。

「怎麼會不擔心啊？」阿昌憂心的問道。

「是啊！你別這樣，我現在擔心你，比擔心那個馬子愛不愛我還來得多。」小羅這麼一說，全團的人又追著打他。

06

看不見的一天

「假如松柏的眼睛看不到的話，我們平常都是使眼色來確認要不要重複一段，那該怎麼辦啊？」天藍問道。

大家這才想起來，除了嘲笑小羅，等等在台上還有許多等待擺平的事情。

「反正吉他手就在鍵盤的旁邊，如果主唱小羅覺得氣氛正好，要再重複一遍，我看到就跟松柏說就好，反正他的譜都背熟了，這樣應該不是問題。」阿昌這麼說道。

「也好，阿昌做事我們都很放心，他在松柏的旁邊，我們應該也可以安心點。」其他團員也都點點頭。

「我們可是搖滾樂團，上台要酷一點，不要像在這裡那麼娘娘腔喔！」阿昌提醒著大家。

「沒關係，我們這次的服裝這麼酷，等等一上台，女生一定為我們尖叫不已，哈哈哈……」天藍狂妄的笑著。

其他團員也加入這種狂狷的大笑聲。

然後五個人大搖大擺的出場。

「岩樂團、岩樂團……」底下的觀眾果真為樂團嘶吼著。

「帥啊！」

「型男！」

「酷酷酷……」

底下的觀眾看到岩樂團的一身勁裝，果然為之瘋狂。

等到小羅開始唱第一首曲子〈Desperado〉時，大家又都狂笑了起來，小羅實在是太緊張了，緊張到五音不全。

結果小羅喜歡的那個女生，岩樂團的演唱，從頭到尾她都背對著舞台。

小羅也就愈唱愈沒勁。

整場表演完，一開始猛喊酷帥的觀眾們，竟然報以噓聲。

岩樂團整團灰頭土臉的回到後台。

「小羅，你真的是……」阿昌氣到連話都快說不出來了。

「對不起啦！我對不起大家。」小羅只差沒跪到地上。

「你怎麼會唱成這個樣子呢？一首曲子唱到那麼多個key，真是太離譜了！」大連看起來要揍小羅的樣子。

「我實在太注意那個馬子對我的看法了。」小羅垂頭喪氣的說道。

「下次表演別再找她來了，要不然你都沒辦法專心唱。」阿昌氣得這麼交代著小羅。

「我知道啦！不會再有下次了！她下次應該也不會來。」小羅索性在後台直接整個人躺在地上。

「你也好了吧！學學人家松柏，眼睛都看不見，還彈得這麼好！」阿昌揶揄著小羅。

「我的人生已經是黑白的了！在我最愛的馬子面前丟臉，覺得這個世界再也沒有色彩了！」小羅摀著眼睛說道。

「沒出息的傢伙！」樂團的人除了松柏以外，每個人都上前踢了小羅一腳。

「為了雪恥，我們岩樂團要來個集訓！」阿昌團長站在後來的椅子上說。

「對，下次不能再這樣丟臉了。」大連也附和著。

「真是人生的奇恥大辱。」天藍點點頭道。

「我有個朋友在山上有間小別墅，他那裡有鋼琴也有鍵盤，他曾經說過可以免費借我們練習用，我們就找幾天上山去集訓吧！」阿昌團長義正嚴詞的說道。

「好、贊成！」全場發出一陣歡呼聲，只有小羅還繼續賴在地上。

「失戀的男人，你要不要跟我們去啊！」天藍踢了小羅一腳。

阿昌也跟著踢了小羅一腳說：「這個害群之馬最需要集訓，別人都可以不去，他怎麼可以不去呢？」

「啊！說到這裡，我之前跟松柏提過，我們兄弟們要不要來練習失明個一天陪陪松柏？」天藍說起這件事，跟團員們解釋了一遍。

「好啊！這有什麼問題，我們岩樂團最有義氣了，當然要陪我們的小兄弟一起練習失明，獨失明，不如眾失明，大家說是吧！」阿昌講得慷慨激昂的樣子。

「好噁喔！」這回換大家酸他了，連躺在地上的小羅都用腳踹了他一下。

雖然松柏已經看不太清楚了，但是聽到兄弟們這麼相挺他，真的讓他感動莫名。不過……

「我有在想，如果我看不見了，為了大家練習樂團的方便，樂團是不是該換個鍵盤手呢？」松柏這樣問道。

「我們不是說過，絕對不會放過你的嗎？」阿昌團長反問道。

「我知道大家對我好，但是我還是不能拖累大家，不是嗎？」松柏由衷的說著。

「這個躺在地上的傢伙都不怕拖累我們了！你怕什麼呢？」大連用力的踢了小羅一腳後這麼說。

小羅發出哀號，拿起地上的垃圾往大連丟去說：「要鼓勵松柏，也不用拿我當墊背吧！」

「我也這樣覺得，你並不會拖累我們，只是你的練習可能要比現在多一點，打譜也可以用點字譜幫你打出來，這樣一點都不麻煩，而且我們是一團的，不能隨便說散就散，就好像再不滿意小羅，我們還是自己人，要把他抓緊啊！」阿昌笑著這樣說。

「感謝大家，這麼挖苦我後，還跟我說不放棄我，真是有情有義啊！」躺在地上的小羅酸溜溜的說道。

「你不要我們說你，自己就要爭氣點，下回扳回一程啦！」

「死傢伙，別在躺在地上，脊椎要直起來吧！」

大家你一言我一句的硬是把小羅給「說」了起來。

隔了幾天，一群人就坐著小羅的老爺車，浩浩蕩蕩的去到阿昌朋友家的別墅。

玩音樂的人不知道為什麼，總是特別容易開心。

小羅的老爺車開到一半，就拋錨了。

「小羅，你不懂歌唱得爛，連車都跟著一起爛。」大連氣呼呼的罵著小羅。

「你很無聊，都已經開到山腳下，我們走上去就到了，沒有功勞也有苦勞，算是不錯的啦！」小羅也沒好氣的說道。

團員們有些還背著樂器，跟在阿昌的後面，繞了一圈又一圈的山路，才到了目的地。

「天啊！這有什麼資格叫做別墅，應該是小茅屋吧！」天藍大笑著說。

「小茅屋還詩情畫意點，這就是棟破房子啊！」小羅也發表意見。

大連拍手稱道。

只有松柏因為看不太清楚，也沒有發表意見。

「可以練團就好了！囉唆什麼啊！」阿昌苦笑著說。

「那是怎麼樣？要開始矇眼睛練習失明的一天嗎？」小羅問道。

阿昌點了點頭，發給每個人一條布巾圍在眼睛上。

「要遵守遊戲規則，不准拿下來喔！」阿昌提醒著大家。

矇上眼睛後，大家魚貫的走進房子內。

「你踩到我了啦！」

「不是我，你打錯人了。」

「對不起，應該是我才對。」

大夥兒都很不習慣沒有視力的日子，在那裡拚命找話說。

「團長，現在要練團嗎？」天藍問了起來。

「你怎麼不開始假裝自己是花了呢？」小羅酸了酸天藍。

「今天已經假裝是瞎子了，不必再假裝別的了。」天藍說道。

除了松柏以外，其他人都很不能接受沒有視力這件事。

光是樂器要接上電，就忙上了許久。

「我累了，光是要找插頭和插座，我就已經不行了，別說要練團，讓我休息一下。」這麼說的大連，馬上倒在地上呼呼大睡了起來。

「大連睡了，那我也要先睡一會，好像看不見，睡覺是最好的事情。」天藍也這麼說。

「那我練什麼團啊？我也要睡。」小羅這麼說道。

「你們這些懶豬，我們是練習失明，不是來假裝是豬，這是天藍平常做的事情，你們在幹什麼啊？」阿昌在那裡喊道。

但是其他的團員們沒有人理他，都呼呼大睡了起來。

阿昌過了一會兒也靜默，跟著「調息養生」了起來。

只有松柏，因為很習慣這樣的視力，他也沒有想睡覺，就一個人在房子裡頭穿梭，東摸摸西看看。

「兄弟們願意做到這樣，已經很讓人感動了。」松柏心裡頭這樣子想。

他沿著樓梯，一格一格的往上爬。

因為視力完全不使用，松柏發現自己其他的覺知都跟著清楚了起來。

他聞得出來朽木的味道，還有摸到了一台鋼琴。

「有鋼琴耶！是啊！阿昌說過這家的主人有放一台鋼琴在這裡。」松柏心裡這樣想著。

松柏摸著鋼琴，就安靜的彈了起來。

「彈古典音樂應該不會吵到那些人的睡眠吧！」松柏嘴巴這麼說道。

松柏彈起他在演奏會上彈的巴哈無伴奏。

在這個荒郊野外的房子裡，空曠的空間簡直像極了錄音室，隨便一點聲響都清楚萬分。

「難怪顧爾德會喜歡在錄音室，而且預言錄音室將取代演奏會。」松柏這麼說道。

在這樣的空間裡頭，連觸鍵聲都清楚萬分。

不僅僅是如此，連呼吸聲都跟著分明了起來。

松柏這才發現，平常有那麼多的聲音自己是聽不見的，也難怪顧爾德在錄音室裡還喜歡收進觸鍵和他跟著琴鍵哼的聲音。

「這樣的演奏方式好立體啊！」松柏邊彈心裡邊這樣想著。

松柏在彈鋼琴的時候，在比較遠的琴鍵，他摸到一種黏黏的感覺，他原本不以為意，但是到了後來，他竟然有種被次到的感覺。

「好痛！」松柏驚聲尖叫了出來。

底下的那群人聽到松柏的叫聲，都跑到樓上來，並且把眼罩都給拿下來。

「松柏，手怎麼腫起來了？」阿昌驚訝的問道。

「你被什麼咬到了嗎？」天藍問著。

「我沒看到是什麼，只有先摸到黏黏的東西，然後就被咬了，連被什麼咬到都不知道。」松柏回答著。

「還是趕快送到醫院，看看是被什麼咬的，要不然如果有毒該怎麼辦呢？」阿昌急著說道。

然後一群男生又匆匆忙忙的下山，在公路旁攔車。

攔到一台貨運車，大家一起坐在後座裝貨的地方。

「啊！我這裡也被咬到。」小羅這才發現自己兩個手臂有被蚊子咬的痕跡。

「好癢啊！」小羅一直抓，這個蚊子的咬痕，大家就認得出來，看起來就是那種小黑蚊咬的。

「這種小黑蚊咬起來特別癢。」大連這麼說道。

小羅的兩個手臂都被咬得密密麻麻的。

「你們要感謝我，我很像那種古代的孝子，躺在那裡把蚊子都吸引來，你們才沒被咬到。」小羅一邊抓一邊說。

小羅被咬得非常恐怖，感覺兩條手臂像是出麻疹一樣。

「眼睛看不見真的是很麻煩。」阿昌嘆了很大的一口氣說。

「危險的事情都注意不到。」小羅這麼說道。

「難為松柏了。這跟我平常假裝是花真的是不一樣。」天藍這樣子說。

「都是你啦！害我被咬成這樣。」小羅開始怪罪天藍出的餿主意。

「我沒有要害大家的意思，只是覺得可以陪松柏體會他的感受。」天藍積極說道。

「結果也沒有待上多久，又要趕著去醫院。」阿昌苦笑著說，根本也完全沒有練到團。

「這種行為真的很瞎。」大連這麼嚷嚷著。

「這種行為真的是太瞎了。」這次換醫生說著同樣的話。

「醫生，松柏到底是被什麼咬的？」在急診室裡，大家急著問醫生。

「根據初步的檢查，是被毒蜘蛛咬的，所以要打消炎針，以防發生其他的感染現象。」醫生這麼解釋著。

「還有……」醫生指了指小羅的兩條手臂。

「連你這個也要打消炎針，要不然擔心會有危險。」醫生補充說明著。

小羅連忙說好。

「你們這群小鬼，到深山的房子裝瞎，被咬成這樣，真的是很瞎、很危險，知道嗎？」醫生氣呼呼的說，覺得這群孩子好像沒事找事做一樣。

「都是你！」小羅指著天藍。

天藍一臉無辜的樣子。

不過等到醫生走了之後，全樂團的人在急診室裡頭都大笑了出來。

「以後我們到老了，還會說到這件荒唐的事。」大連笑到眼淚都出來了，大臉總是喜怒都非常分明。

「我們這個樂團的荒唐事還真多。」阿昌自己這樣說道。

「可是也沒陪到松柏。」發起人天藍不好意思的說著。

「不會，我收到大家情義相挺的友誼了。」松柏猛點頭這麼說。

「相挺到連蜘蛛都來咬你。哈哈哈……」天藍大笑著說。

「還有毒蚊子也來了……」小羅悻悻然的說道。

看著小羅兩條手臂，大家笑得更開心了。

07

媽媽的洋裝

松柏的眼睛愈來愈不好，最明顯的狀況就是他現在連縫線都不太能穿進針裡面，針那個小小的孔他已經看不見了。

「我可以幫你。」筱梅聽到松柏說的，馬上這麼說。

「妳也沒辦法幫我一輩子，我還是要靠我自己吧！」松柏這麼對筱梅說。

於是松柏開始練習「盲穿針」，完完全全靠觸覺來穿針。

練習了幾次都不是很上手，筱梅就建議說：「你要不要試試看穿針器，還是可以幫一點忙。」

松柏找了穿針器來，發現還是要想辦法把穿針器對準針孔，這對他現在來說還是很吃力，不過如果拿來練習「盲穿針」的話，狀況的確好上許多，也稍微解決了他目前的問題。

「就要看不見了……」松柏也是從自己穿針的狀況，逐漸感到「看不見」這件事的腳步已經愈來愈接近了。

對於此事，全家人都不敢吭聲，好像一個共同的祕密一樣，大家都心知肚明，卻沒有人敢說上一句話。

剛好，爸爸媽媽的結婚週年快到了，大家反而比較討論這要怎麼慶祝。

「為什麼從來沒有看過爸爸媽媽的結婚照？」松柏對於這件事一直存著疑惑，但是沒機會問到。

「年輕的時候窮，我們就到法院公證結婚，請幾個親人朋友來家裡吃頓飯就結婚了。」媽媽怨歎著說。

「所以你媽媽一直怨我，沒有讓她穿過白紗，還說這次結婚紀念日要去拍個白紗結婚照。」爸爸說到自己都笑了起來。

「這有那麼好笑嗎？」媽媽不解的問道。

「都已經是老夫老妻了，特別穿個婚紗去拍照，不好笑嗎？」爸爸邊笑邊說，愈說還笑得愈大聲。

「你就是都不瞭解我的心情……」媽媽氣得跑上樓去自己的房間休息。

「啊！趁眼睛還沒完全看不見時，幫媽媽做一件洋裝好了。從來沒有幫她好好做件衣服。」松柏這樣想著。

想到自己還做了不少搖滾樂的上台服，卻沒有幫媽媽好好做過一件衣服，松柏想到這裡都會有點愧疚。

由於媽媽的身形一直沒有很大的改變，家裡還有她以前的尺寸，松柏也就不用幫媽媽量身，直接可以做起衣服。

筱梅陪著松柏到永樂市場去挑選布料。

「筱梅姐，我現在有些花紋已經看不太清楚，全是花成一片，要請妳幫忙，幫我挑一下布料。」

「沒問題，我在你們家住過那麼久，阿姨喜歡什麼樣的花色，我大概心裡都有點底，可以幫你挑。」

「謝謝妳，這可能是我做的最後一件衣服，再來應該就看不見了。」松柏淡然的說道。

「松柏，別這樣麼說，世界上有很多可能。」筱梅不捨的拍拍松柏的肩膀。

「眼睛長在我自己的身上，我自己最清楚，應該是真的要不行了，我也才想好好的做件洋裝給我媽，她真的是心苦了，所有的錢和心思都放在我身上，給我最好的，我卻從來沒有為她做過什麼。」松柏解釋給筱梅聽。

「有什麼我可以幫忙的，請不要客氣，我也想幫阿姨做點事，阿姨還幫我做過新娘禮服呢？」筱梅講到以前小學的事情。

「我媽為什麼會幫妳做結婚禮服啊？」松柏好奇的問道。

「有一次我們學校出家庭作業，就是要做結婚禮服，我也搞不太清楚，結果阿姨還熬夜幫我用針車趕出一件結婚禮服出來。到學校才發現，大家都是用色紙、皺紋紙做的，只有我這件結婚禮服是真才實料的衣服，一直覺得很不好意思，讓阿姨熬夜忙了一個晚上。」

「我從來沒聽我媽說過這件事！」松柏笑道。

「可能太久了，阿姨也忘了。」筱梅這樣說。

筱梅和松柏如同親姐弟的兩個人，一起結伴去永樂市場買布。

「這塊的花色是大花，做起衣服來應該很好看。」筱梅挑到一塊布料後，跟松柏描述她看到的花布細節。

「可是布料稍微粗了點，我怕做衣服穿起來會不舒服。」松柏用手摸了之後，這樣跟筱梅說。

「這是純棉的，少年人，怎麼會不舒服。」賣布料的店家這麼說道。

「不是啦！我知道這塊布的棉料很少，大概只有百分之二十左右。」松柏這麼一說後，店家的臉色為之大變。

「你都沒看到，剛才店家的臉有多嚇人，可能覺得你的手感怎麼會好到這樣的程度。」筱梅過了一個轉角後，跟松柏這麼說。

「眼睛看不到後，很多其他的知覺都會變得很清楚，手感也是，我現在摸布料摸得很透澈。」松柏解釋說道。

「或許你的手感慢慢發展起來，可以完全取代你的眼睛也說不定。」筱梅這樣說著。

「我想過，還是沒有辦法完全，花色和設計沒有眼睛還是不行。」松柏嘆了很大的一口氣。

「如果我幫你也沒辦法完全嗎？」筱梅問道。

松柏搖搖頭說：「很多細節，靠別人的眼睛來看再來描述是沒有辦法好的。」

「那就沒辦法了，我是很想幫你。」筱梅嘆氣說道。

那天下午，筱梅和松柏逛了一圈後，挑了一塊純棉的布料，雖然是素布，但是質感非常好，做起洋裝來應該非常好看。

松柏就躲到杜伯伯杜媽媽家做衣服。

「你媽媽真是好命，杜媽媽做了一輩子的衣服，也沒有個孩子專程為我做一件。」杜媽媽在那裡怨歎著說。

「杜媽媽，我的眼睛現在真的很吃力，要不然我是真的很想幫妳做一件。」松柏說道。

「杜媽媽不是在跟你討喔！杜媽媽只是羨慕你媽媽。」

「看一看我做好這件衣服後，眼睛的狀況，如果還好，就幫杜媽媽做一件。」松柏安慰著杜媽媽。

「沒關係的，松柏，讓眼睛休息休息，杜媽媽知道做衣服很傷眼睛，你自己好好休息比較重要。」

松柏這次幫媽媽做的洋裝，所有的鈕扣都做成包扣，就是布料包著鈕扣，可是這做起來也是特別麻煩。

「我來好了！」筱梅特別幫忙松柏做這個鈕扣。

「啊！」筱梅一個不小心，被針刺到，在那裡哀號。

「怎麼那麼不小心啊？」杜媽媽趕緊前來看看筱梅的手。

「不要緊的啦！別那麼緊張。」筱梅笑著杜媽媽的緊張。

「說什麼不要緊，不擦擦藥，到時候發炎了，媽媽以前在紐約還看過有人因為這樣就要截肢呢！」杜媽媽緊張的拿出救護箱。

「媽就愛把事情說得這麼嚴重。」筱梅嘲笑著自己的媽媽。

松柏看到杜媽媽和筱梅的互動，他不禁想到自己的媽媽，也是為了他的身體這樣成天奔波著。

「媽媽真的辛苦了！」松柏嘴巴上說了這麼一句。

「松柏，怎麼了？」杜媽媽沒聽清楚的問道。

「沒有，只是覺得媽媽都很辛苦，我的媽媽為了我的病，一個家庭主婦也要做好幾份工作，辛苦得要命，所有的錢都花在我的病上，要不然就是讓我學這個學那個，都沒有時間和金錢替自己好好打扮一下。」松柏難過的說道。

「這就是做媽媽的心啊！」杜媽媽嘆了一口氣說。

「是啊！媽媽對我最好了。」筱梅趕緊抱住杜媽媽，連忙親上幾下。

「只要你們瞭解我們做媽媽的心，那就夠了，知道嗎？別的事都不要多想。」杜媽媽這麼說道。

「我也希望媽媽不要對我有愧疚感。」松柏這麼跟杜媽媽說。

「這真的也很難啊！孩子！」杜媽媽若有所思的說著。

「那也不是她的錯，她何必無緣無故把罪惡感攬在自己的身上呢？」松柏不解的問著杜媽媽。

「就是很難啊！總覺得沒把孩子生好是自己的錯一樣。」杜媽媽這麼解釋道。

「我情願媽媽開開心心的去享受她的人生，而不要為了我的事這麼忙碌，這反而讓我很難過。」松柏這麼說道。

「孩子，她這麼做心裡是快樂的，她會覺得讓你有更多的資源去做自己喜歡的事，這就是她最大的快樂。」杜媽媽邊說，邊看著筱梅。

「媽媽……」筱梅又趕緊給媽媽一個大擁抱。

「以前我跟你杜伯伯在紐約時，每次都很想兩個人去吃好好吃頓大餐，但是想到那個錢省下來寄回台北，筱梅也可以吃得營養一點，我們錢就捨不得花下去……」杜媽媽邊說，筱梅乖乖的從廚房切出一盤水果出來。

「我們這些做媽媽的，只要看到孩子都發展得很好，再多的辛苦也都不算什麼了。」杜媽媽跟松柏解釋道。

「喔！你這個袖口這樣子做，穿起來會不順！」杜媽媽看到松柏做的衣服，有些細節還是忍不住跟他提點了一番。

松柏更是埋頭在布料堆裡面，繼續幫媽媽做著這件洋裝。

◆

「這是給我的嗎？」媽媽看到松柏拿給她的洋裝，開心得不得了。

「我要吃醋了！為什麼只有媽媽有洋裝，爸爸卻沒有西裝？」爸爸在那裡假裝生氣著。

「因為西裝太難做了，我不會做西裝。」松柏老實的說著自己裁縫程度。

「媽媽，趕快去試穿看看，有沒有需要改的地方。」松柏鼓吹著媽媽試衣。

「剛剛好，完全不需要修改。」大家看著媽媽穿上這件洋裝都不斷的稱讚。

「我好像換了個太太一樣。」爸爸笑著說道。

「真是貧嘴，我看你真的很想換太太一樣。」媽媽打了爸爸一下。

「我是很想啊！現在我老婆變成正妹，我當然高興啊！」爸爸耍寶的說著。

「松柏媽媽真的穿起這件洋裝很好看，不是說要拍結婚紀念照，可以不用租禮服，穿松柏做的洋裝就好了。」阿嬤也稱讚起媽媽。

「是啊！一定要穿我兒子幫我做的洋裝拍結婚照。」媽媽這麼說道。

「太棒了！以後我太太的治裝費就省了，我兒子會幫她做。」爸爸得意洋洋的說道。

「爸爸，這可能是我做的最後一件衣服，接下來應該看不見了，也沒辦法做衣服。」松柏若無其事的說道。

家裡突然陷入一片靜默。

「大家說說話吧！這本來就是早晚會發生的事情，何必這麼驚訝呢？」松柏試圖緩和場面。

媽媽聽到松柏這麼一說，穿著新洋裝，就哭著往樓上跑去。

「媽媽何必這樣？」松柏嘆氣說道。

「讓她哭一哭吧！她也憋了很久，這一陣子都一直掛心這件事，被你這麼一講，可能再也憋不住了。」阿嬤跟松柏這麼說。

「你上去安慰安慰松柏的媽媽吧！」阿嬤跟松柏的爸爸說道。

爸爸趕緊走上樓去。

客廳裡只剩下阿嬤和松柏兩個人。

「阿嬤，好久沒有幫你讀詩歌了，妳老是說要我讀詩歌給妳聽。」松柏順道站起來跑去詩歌的本子。

「是啊！一直很希望有人讀讀詩歌給我聽，只是大家都忙。」阿嬤點了點頭。

「上次我跟岩樂團的團員們去練習失明的一天時，回來就很想幫阿嬤讀讀詩歌，只是後來都在忙媽媽的洋裝，就沒空。」

「阿嬤，我問妳，眼睛看不見，會不會真的很麻煩，妳看，像妳很想看詩歌都沒有辦法。」松柏這麼問著阿嬤。

「是有啦！但是眼睛看不見後，也會看得更清楚別人的心意。」阿嬤這麼跟松柏說。

「你看看這章，你讀給我聽。」阿嬤指著一篇詩歌要松柏讀給他聽。

「愛是聯繫一切事的關鍵。」松柏讀著。但是他更驚訝阿嬤對於詩歌的熟悉，雖然眼睛看不太件，但是手一翻就會翻到需要的詩歌章節。

「是啊！阿嬤眼睛愈來愈看不見後，也覺得這句話愈來愈有道理。」阿嬤跟松柏解釋道。

「我聽不太懂。」松柏坦承著。

「有愛什麼都不是問題，沒有愛什麼都是問題。」阿嬤這麼跟松柏說。

「還是不太明白。」松柏笑著說。

「孩子啊！人生還長得很，你一定會明白的，愛才是一切的關鍵，其他的比起來都是小事，也是因為這樣，眼睛看不見對我來說，已經不是什麼很嚴重的事了。」阿嬤說道。

「這個家所有的人，都好像在為我的眼睛活著一樣，我們做的所有事，都是在為我的眼睛打算……」松柏還沒說完，就被阿嬤的話打斷。

「我們不是因為你的眼睛，我們是愛你這個人。」阿嬤這麼跟松柏說。

松柏在心裡不停的想著：「有愛什麼都不是問題，沒有愛什麼都是問題。」

「這個境界好高，或許等我眼睛看不見後，才能夠明白吧！」松柏淡淡的向自己說。

08

火山岩

就在那件媽媽那件洋裝做好沒多久，松柏的眼睛就完全看不見了。正當韓家一家人都為此情緒低潮時，又發生了一件事。

松柏的媽媽起了個會，想說松柏或許需要到國外去就醫或者讀書有這個需要，結果小姑用別人的名字在裡面跟了五咖，還早早就把會都標了下來，之後這五咖全都不再付錢，等於起會當會頭的松柏的媽媽要一肩扛起這五個人的會錢。

「妳為什麼要這樣對我？」媽媽氣得跑去小姑姑家問她。

「我好好的上你們家請你們幫忙我兒子，你們都不願意，我只好這樣做了。」小姑姑這麼說時，還理直氣壯的模樣。

「而且還用人頭起了五咖，妳這不是害死我嗎？」媽媽真的很不能原諒小姑姑這樣的行為，但是又拿她一點辦法也沒有。

「算了啦！我們就自己扛下來。」爸爸勸著媽媽。

「這有沒有是非啊？你知道五咖我會扛得多辛苦嗎？」媽媽氣著跟爸爸說道。

「就當幫我自己的妹妹，那能怎麼樣呢？」爸爸一臉無奈的說。

「你就是這樣，只會感情用事，這些錢讓我多心痛，你知道嗎？松柏接下來用

錢的話，我們不但幫不上忙，還等於多出一筆債務，你那個妹妹真的是夠了！」

媽媽最氣小姑姑的是，她不但拿了錢一點反省都沒有，在路上遇到松柏，她說話也沒有好聽過。

「松柏，聽說你現在完全看不見了？」小姑姑問著松柏。

松柏點了點頭。小姑姑則是繼續說道：「我們家大佑現在已經開了間攝影工作室，是個攝影家了，當然，你這個瞎子能夠好好的活著，就已經是不幸中的大幸了。」

松柏的拳頭開始握緊，他真的很氣小姑姑這樣說話，松柏以前小的時候，小姑姑並不會這樣，在他的記憶中，小姑姑是個溫柔、善良的人，跟眼前這個尖酸刻薄的婦人簡直不是同一個人。

「女人結婚後是會變的！」松柏把這件事問起阿嬤，阿嬤也只能勸著松柏。

「小姑姑有必要這樣傷害我來讓她和大佑好過一點嗎？」松柏問著阿嬤。

「你要原諒她，她在婚姻裡受傷很嚴重，她是個生病的人了！這也是我和你爸爸都不忍心苛責她的原因。」阿嬤解釋著。

「她根本是個小偷，偷了我們家的錢，阿嬤和爸爸的態度真的很奇怪，我真的很為我媽媽抱不平。」松柏說道。

「唉！」阿嬤聽了後，只是嘆了更大的一口氣。

松柏原本以為自己早就有心理準備，但是失明這一天真的來到時，他還是覺得有點難以接受，特別是被小姑姑這麼說了以後。

雖然他很想不去想小姑姑說的話，但是真的很難。有時候松柏自己都不明白，周圍有那麼多關心他的人，但是他的腦袋裡，想起的總是小姑姑對他說的那些貶抑的話語。

「瞎子會有多大的出息呢？」

「你爸媽的錢都是白花了！」

而失明之後，松柏要從一般高中轉到啟明學校，因為教室裡頭所有的教材、課本都不符他使用，老師也沒有辦法特別指導一位視力完全看不見的學生。

「看不清楚和完全看不見真的差很多！」松柏終於感受到這樣的不同。

生活中的許多事務開始需要人協助，還要拿支枴杖在手上。「等於就是跟全世

界宣告我是個瞎子一樣！」松柏這麼想著。

而且一下子什麼都看不見，松柏就有更多的時間要「想」事情，什麼都看不見的時候，想的都是壞念頭。

「為什麼會得到這麼不好的遺傳？」

「以前為什麼要做這麼多的努力、要學這麼多東西，反正最後還是一樣都看不見？」

「這樣活著要做什麼呢？」

這一類的壞念頭很容易在松柏的腦海裡轉呀轉的。

「為什麼會這樣，這對我真的很不公平！」松柏不敢在家裡抱怨，怕阿嬤和爸爸媽媽難過，但是到了杜媽媽和筱梅姐的面前，他就一股腦兒把所有的不滿都宣洩而出。

「松柏，杜媽媽知道，這對你真的很不公平！」杜媽媽給了松柏一個很大的擁抱。

「每天都有上萬個為什麼在我心裡吼著。」松柏滿臉疲憊的模樣。

「松柏，要不要跟阿嬤談談？」筱梅這麼說了起來。

「為什麼要找阿嬤？」

「你不會覺得很奇怪嗎？阿嬤從來沒有抱怨過！」

被筱梅這麼一說，松柏也覺得好奇了起來。

「是啊！阿嬤從來沒有抱怨過她的眼睛，她很早就視力不好幾近於零，這樣讓她很容易疲勞，也不能熬夜，可是為什麼阿嬤從來沒有抱怨過呢？」松柏跟筱梅說道。

「是啊！阿嬤的朋友還沒有你多，她不像你，還有同學和樂團的哥兒們，她總是在家裡的時候居多，但是總是很能過她自己的日子，也沒有多聽她說過什麼？」筱梅這樣說。

「我是有聽過阿嬤說過，抱怨只會浪費我們自己的時間，沒辦法享受目前生活的美好。」松柏想了起來。

「去跟阿嬤討教討教吧！」筱梅建議著。

阿嬤聽到松柏的問題，只是笑著說：「也沒什麼，就是這樣啊！」

「可是阿嬤真的非常開朗，也滿健談的。」松柏說道。

「我也只是盡力而已，如果已經盡力，就沒什麼好抱怨的了！」阿嬤淡淡的這麼說。

「可是我也盡力了，我卻沒辦法不抱怨，就是因為盡力，做了那麼多的努力，卻換得這樣的結果，我真的好不甘心啊！」松柏說著他的想法。

「對於目前擁有的表示感謝吧！這會讓你好過很多！你有這麼好的家人，還有像家人一樣的鄰居，以及跟兄弟一樣的樂團朋友，這些都不是憑空掉下來的，都有值得感謝的地方。」阿嬤笑著說。

當阿嬤這麼說時，松柏家門口傳來車子緊急煞車的聲音，然後一堆人大吵大鬧的走進松柏家裡。

「阿嬤，松柏，你們好啊！」這一聽，就是岩樂團的那群朋友們。

「大家好啊？來找我們家松柏的嗎？」阿嬤笑著問說。

「是啊！找松柏出去，有點要事跟他談！我們現在就要帶松柏出去喔！」團長阿昌這麼跟阿嬤說道。

「好啊！好啊！我們剛才還談到你們，要好好的玩、盡量開心的玩喔！」阿嬤跟團員們和松柏這麼說。

「阿嬤最好了！每次都要我們好好玩，每次從我家出門，我爸爸媽媽都是要我早點回來。」小羅這麼說道。

「阿嬤，等等松柏回來的時候，頭髮變成紅色的話，你們不要太驚訝啊！」天藍笑著說。

「紅的頭髮？」阿嬤倒是有點吃驚。

「阿嬤再見啊！」一群吵鬧的男生又打打鬧鬧的出去，還架住松柏往外走。

「你們今天怎麼回事，感覺緊急的不得了。」松柏不解的問道。

「有大事要跟你宣布！哈……」阿昌非常得意的說。

「有什麼了不起的大事？」松柏一臉少見多怪的模樣。

「我們樂團要改名了！」團長坐上車，從前座回過頭來，得意的說道。

「也不算改名啦！是精進我們的團名，讓名字更精確些！」天藍非常得意的說這是他的主意。

「怎麼個改法，是算過筆劃嗎？」松柏調侃的問道。

「我們本來的岩樂團，感覺不夠熱，不夠rock，我們想改成火山岩樂團，這樣光聽就很熱，不是嗎？」天藍得意洋洋的說著自己的創意。

「媽啊！」松柏一聽這個團名就大笑不止。

「有那麼好笑嗎？應該是又熱又酷吧！」天藍不解的問道。

「把團名取得那麼酷，然後一開始唱就笑死人，這樣不是更好笑嗎？」松柏沒停的笑道。

「你看，他笑出來了吧！笑出來了吧！」大連一副說準的樣子。

「我們看你自從看不見後，心情都很悶的樣子，想說把團名改得勁爆一點，也看能不能讓你高興一下。」小羅邊開車邊解釋著。

「真的嗎？」松柏這麼一聽，就覺得這群兄弟真的很夠意思，頓時有點說不出話來。

「而且為了配合我們的新名字，我們要一起把頭髮染成紅色的，這樣更像火山岩樂團，不是嗎？」天藍繼續說著他那天外飛來一筆的奇想。

「紅色的！媽啊！」松柏這下笑不出來了。

「是的，就是紅色的火山岩的顏色，等等就去阿昌家染頭髮，染髮劑統統買好了。」大夥兒非常高興的跟松柏說道。

「我又看不見，為何要染成那樣啊？」松柏抗議著。

「你看不見，可是觀眾看得見啊！你可以想像，一團五個人站出來，頭髮全是紅色的，那有多酷啊！」小羅說著，自己都非常興奮。

「你不用擔心啦，你雖然看不見，我們一定幫你染得很好看，不會讓你丟臉的。」阿昌叫松柏放一百二十個心。

「你們要我怎麼放心？我從來沒有染過頭髮，一染就要染成紅色的，我哪有臉上學啊？」松柏繼續嚷嚷著。

「反正你現在讀啟明學校，大家都看不見，也不會有人管你頭髮染成什麼顏色吧！」天藍笑著說道。

「同學們都是瞎子，老師不瞎、教官也不瞎，他們不會管嗎？」松柏大聲的抗議著。

「等到他們管的時候，你再染回黑的就好，怕什麼啊？你就說你看不見，去理容院出來，師傅就幫你染成紅色的，你自己也不知道！」團員們你一言、我一句的出著餿主意。

「你們真的很怪耶！」松柏不敢相信這些團員竟然會打這種主意。

「既然盲了，就要把握這個機會，利用這樣的特權，好好享受，不是嗎？」天藍用力的拍了松柏一下。

「了不起，夠怪！」松柏也學會了團員們的口頭禪，但是怪的是，被團員們這樣一講，他也開始覺得看不見好像不是種壞事。

一群大男生來到阿昌家後，就手忙腳亂的染起頭髮來。

由於火山岩樂團總共有五個人，沒有辦法全待在浴室裡頭染髮，大夥兒就坐在阿昌家的客廳塗著染劑。

染料把一些物品都染上了顏色……

「我媽回來一定會把我給打死！」阿昌有點擔心的說道。

「團長，我們等等染好後，就幫你擦乾淨！」天藍安慰著阿昌。

「指望你，倒不如指望我自己，哪一次不是我自己在收拾善後，你們最會的就是沒良心！」阿昌苦笑著。

結果染好後，全部的人都笑成一團……

所有的人都染成紅色或是金紅色，只有主唱小羅發出哀號……

小羅的頭髮竟然變成綠色的。

「為什麼會這樣，是買錯了？還是誰幫我染的時候調錯了？這樣怎麼見人啊？」小羅在阿昌家鬼哭神號的大叫。

「主唱跟我們團員有個對比色也是不錯！」看到小羅的頭髮，散發出像糞便的綠色，大家更是樂不可支。

「你們說是像糞便的綠色嗎？」松柏笑的問道。

「感覺好像什麼髒東西塗在小羅的頭上，比綠帽子還要呆的顏色。」天藍調侃著小羅。

「這是什麼世界？」小羅繼續不滿意的叫囂著。

小羅愈是難過，其他人就笑得更大聲，看不見的松柏也跟團員們開心的大笑了起來。

「松柏，你看，我們真的很夠義氣，你的紅頭髮，是我們這一群人裡面最好看的，有點橘紅橘紅的，非常帥酷！」阿昌得意的說道。

「你們對松柏講義氣，就是不對我講義氣，幫我染成這種大便綠。」小羅氣得要命。

一群大男生笑著說：「誰叫你之前染過頭髮，可能混在一起，顏色就變調了，我們有什麼辦法呢？」

跟團員們混在一起，松柏的沮喪和憂慮好像消失了不少。

「松柏，這樣有開心嗎？」阿昌有點江湖味的問著松柏。

松柏點了點頭，他跟團員們說道：「有你們，真好！你們是我生命中貴重的禮物。」

「好噁心喔！這樣好像廣告詞。」大連馬上做肉麻狀。

天藍也跟著說：「你也用不著這麼娘吧！」

然後幾個大男生開心的躺在阿昌家的客廳，大聲的玩鬧著。

小羅這時候站起來說：「你們把我搞成這樣，你們要負責幫我把妹！」

「把妹，又要把什麼妹啊？每次人家來聽你的演唱會，你就把別人唱走了，也不能怪我們啊！」阿昌揶揄著小羅。

「我這次看上一個妹，不要找她來我們的演唱會，要換別的方式，既然你們把我的頭髮染成這樣，你們要負責幫我追女朋友。」小羅換成哀求的語氣，博取大夥兒的同情。

原來小羅的身分證掉了，他到戶政事務所辦理新身分證時，又被那裡的工讀生小妹給迷住了。

09 突然收到的一封信

小羅要松柏陪他去戶政事務所追女朋友，松柏也願意這麼做，火山岩樂團的朋友們都躲在一旁看小羅的葫蘆裡賣個什麼藥。

「你要假裝更瞎一點，好嗎？」小羅提醒著松柏，要松柏的枴杖杵得更誇張一點。

「我已經敲枴杖敲得夠用力了，好嗎？」松柏小聲的回了小羅一句。

「這樣人家看不出來你是個盲人，好嗎？太正常了！」小羅頂了松柏一下。

「你這樣真的是歧視盲胞！」松柏給了小羅一個不以為然的表情。

「到了警備區了，那個馬子就在我們前面，你趕快跟她說要辦戶口謄本。」小羅提醒了松柏。

其實松柏他們還沒有到臨櫃辦事的櫃台，只是現在戶政事務所的服務很好，只要有人來辦事，工讀生都會先泡杯茶來，再詢問民眾要辦理什麼樣的業務。

「兩位好，這是你們的茶水！」小羅很喜歡的女生端了兩杯茶來，從她的名牌上看得出來她姓賴。

「我要辦理戶籍謄本。」松柏答道。

「那這位先生呢？」賴小姐問著。

「他是陪我來，因為我看不見，需要人幫忙，他是我的朋友，自動說要陪我過來。」松柏照著小羅的腳本這樣子說道。

「好有愛心的朋友！」賴小姐接了這麼一句，然後將松柏要辦理的事務謄在手上的紙本上。

小羅回過頭來跟火山岩樂團的朋友們偷偷比了個勝利的手勢。

只見到團員們都表現出滿臉不屑的表情。

「韓先生，我們這裡有一個表格，因為你的視力看不見，我可以幫你填寫，這是一個關於社會福利的表格，您留下資料的話，政府有相關的福利措施，我們都可以通知您。」賴小姐這麼說著。

「我來好了！我本來就是陪我朋友來辦事的，這個表格我幫忙填寫好了。」小羅在心愛的女人面前，表現得特別「樂善好施」。

旁邊團員們各個露出噁心的模樣。

「真的不用啦！這是我們分內的工作。」賴小姐這樣子說。

「不用客氣，這是我該幫忙的事。」小羅急著搶功，就跟賴小姐兩個人拿著紙本推來推去。

「啊！」小羅一個不小心，把剛才熱騰騰的茶水潑在賴小姐的身上，賴小姐發出一陣尖叫聲。

「對不起，對不起……」小羅緊張得要命，連忙到旁邊拿衛生紙給賴小姐，結果一個不小心，又把松柏手上的茶水弄翻再倒在賴小姐的身上。

「啊！」這回換小羅自己尖叫出來。

「哈……」旁邊的團員們看到這一幕，都笑到東倒西歪，樂不可支。

賴小姐悻悻然的到廁所去，留下不知如何是好的松柏和小羅。

「現在該怎麼辦？」松柏問著小羅。

「先把表格填好了！等等給賴小姐，也算幫了她一個忙。」小羅滿臉尷尬的說道。

「好好好！」松柏答道，小羅則是忙著把表格填滿。

賴小姐清洗完身上的茶水後，又到了松柏面前，小羅趕緊邀功，把表格給賴小姐。

「對不起，這位先生，您的字太草了！這樣我沒有辦法交給主管。」賴小姐沒有好臉色的說道。

「真的嗎？我再寫一遍好了！」小羅又將紙本搶回手上，打算再寫一遍。

「我來就好！」賴小姐沒好氣的說道，一把就將資料抓回手上。

「這是我分內的工作，請你不要再打擾我了，好嗎？」賴小姐一本正經的跟小羅這麼說。

「對不起喔！」小羅趕緊打躬作揖的跟賴小姐賠不是，然後拿出樂團的CD打算給賴小姐。

「對不起，我真的很忙，沒有那個閒功夫跟你在這裡亂扯，請讓我好好工作，行嗎？」賴小姐一臉顏色的跟小羅講道。

旁邊正在「看好戲」的團員，這時候已經笑到站不直了，天藍的眼淚都給笑了出來。

就看到小羅在賴小姐和松柏旁邊，站也不是，坐也不是，只能在那裡走來走去不知如何是好。

賴小姐俐落的把工作處理好，把戶籍謄本拿給松柏後，頭也不回的走回辦公室內。

「丟臉啊！」火山岩樂團的夥伴們紛紛向前嘲笑著小羅。

「松柏，你沒看到，小羅真是丟臉丟到家了！」阿昌這樣跟松柏說。

「那怎麼辦？沒有幫到小羅的忙。」松柏有點遺憾的說道。

「我看賴小姐大概一點也不喜歡小羅，只覺得自己很倒楣，遇上一個無聊男子。」天藍講到自己笑得無法停止。

「小羅真是一個天才，會想出這種辦法羞辱自己。」大連也虧著小羅。

小羅整個人像是垂頭喪氣、吃了敗仗的公雞，一個人低著頭往戶政事務所的外面走去。

「沒關係的，小羅哥，我下次可以弄丟身分證，再來辦理身分證，讓你跟賴小姐多互動幾次。」松柏安慰著小羅。

「我們樂團只有你比較有人性，松柏。」小羅感激的說道。

「其他人真的不是人生父母養的……」小羅繼續咬牙切齒的說著。

小羅這麼一說，只是讓團員們的笑聲更大而已。

「但是我覺得你還是要把CD給賴小姐，人都已經來了，當然要表達出你的男子氣概。」松柏這麼跟小羅說道。

「好……」小羅點頭稱是。

然後小羅往賴小姐的櫃位走去，手上拿著CD。

結果賴小姐往小羅的方向走來後，小羅突然一百八十度向後轉，頭也不回的往團員們這邊走來。

「你真是孬種耶！」大連忍不住罵了小羅。

「沒看到人家想個半死，等到真遇上了，還會怕，真是有夠沒用的。」阿昌對小羅搖頭嘆息。

天藍則是對小羅說：「你以後就不要再叫我們陪你來追女朋友，只有自取其辱而已！」

小羅則是氣自己氣得要命，沮喪的席地而坐。

「小羅哥，CD給我。」松柏把小羅手上的CD拿在手上，慢慢用枴杖敲著，往戶政事務所的辦公櫃台走去。

他跟服務人員說要找賴小姐，然後把那張CD給了賴小姐，還跟賴小姐表明了小羅哥對她的愛慕之意。

全團的人都豎起耳朵，等著聽賴小姐會說些什麼。

「我覺得……」賴小姐鄭重說道。

「韓先生，你比你的朋友有膽量多了！我對你的印象還比較好。」賴小姐這麼說道。

樂團團員們這下更是笑到不支倒地，一群人趕緊上前迎回松柏，然後拉著如喪家之犬的小羅走出這個公務機關。

「看你以後怎麼做人喔！」

「要松柏當盲胞讓你表現愛心，結果人家對松柏的印象還比較好。」

「頭髮帶屎，連人都跟著帶屎了！」

團員們嘲笑起小羅更是不遺餘力。

「丟臉啊！」小羅把頭埋進方向盤這樣說道。

結果這場看似「無言的結局」的戶政事務所之旅，卻為松柏開啟了另外一條寬廣的路。

由於戶政機關為松柏填寫了社會福利的資料，有一天松柏的家裡來了一封想都想不到的信件。

那是攀岩協會寄來的，邀請松柏前去參加攀岩活動。

當爸爸唸出這封信給松柏聽時，松柏第一個反應就是：「這是在諷刺我嗎？難道不知道我是個瞎子？怎麼去參加攀岩活動呢？」

「是啊！怎麼會有這種信呢！」媽媽也不解的問道。

「可是上面明明寫的就是松柏的名字。」爸爸這麼說道。

「去看看吧！或許有什麼好玩的事。」阿嬤則是這麼建議著。

「拜託！失明怎麼攀岩啊！」松柏滿臉不以為然的說道。

松柏還把這件事跟樂團的朋友們說了。

「有這種事？」阿昌也這麼說道。

「我們要不要陪松柏一起去看看，或許很好玩也說不定。」天藍一直是樂團裡面最有想像力的一位，對於新事物也很有興趣去嘗試。

「就當去踢館也不錯！」大連也附和著。

「也對，反正我們叫做火山岩樂團，去攀岩玩玩也不錯。」連阿昌都點了點頭稱是。

「好吧！那我也去。」小羅這麼說道。

於是松柏就在樂團朋友的陪伴下，到攀岩協會注明的時間地點，打算前去踢館、看笑話。

一到那裡，松柏他們一群人才發現，原來寄信過來的就是那位戶政事務所的賴小姐。

小羅整個人的精神都振奮了起來。

「賴小姐，是妳寄信給松柏的嗎？」小羅殷勤的問道。

「是的，我是這個攀岩協會的義工，我覺得韓松柏先生很適合來參加我們的攀岩活動。」賴小姐禮貌的回答著。

「賴小姐，你叫我松柏好了，不要一直稱呼我為韓先生，我還只是個高中生。」松柏這麼說道。

「好啊！那你們也可以叫我清影。」

「可是我的眼睛根本看不見，怎麼攀岩呢？」松柏問道。

「其實我們協會之前到國外考察時，發現外國對於失明的朋友，有一系列攀岩的課程，幫助他們體會攀岩之美，我相信這對於松柏也有很大的幫助，才寄了協會的資料過去。」清影這麼說道。

「好啊！好啊！我們全樂團的人都來參加攀岩協會，反正我們樂團叫做火山岩樂團，來攀岩也是很好的。」小羅興高采烈的呼應著清影。

「人家清影又不是邀你，人家是在邀請松柏。」阿昌嘲笑小羅。

「我真的不覺得我有這個可能，謝謝清影姐的好意。」松柏這麼說道。

「松柏……」小羅把松柏拉到一旁。

「幹什麼啦！」松柏被小羅這麼一拉，重心有點不穩差點摔倒。

「你一定要給我答應，要不然我就沒機會接近清影了。」小羅硬要強迫松柏答應。

「可是我真的覺得我不是那塊料啊！」松柏小聲的抗議著。

「你一定要給我答應，小羅哥平常是怎麼對你的，你當我是兄弟嗎？小羅哥一輩子的幸福就在你手上了！」小羅哀求起松柏。

「好啦！好啦！每次都用這招。」松柏碎碎念道。

「好了！松柏答應了！」小羅擺出大哥的派頭這樣跟清影說。

「是嗎？那太好了！歡迎松柏來我們攀岩協會。」清影開心的講著。

「我如果來個幾次，發現自己真的不行，我可是不會再來的喔！」松柏悻悻然的說道，他覺得他是被小羅趕鴨子上架，一點都不開心。

「你一定會愛上攀岩運動的！」清影打包票的說道。

「對對對，松柏一定會愛上攀岩的，我相信。」小羅在一旁附和著。

「你高興什麼啊！人家是希望松柏愛上攀岩，也沒說她要愛上你啊！」大連挖苦著小羅。

小羅這次偷偷在背後敲了大連一記。

大連揮起手來，小聲的說：「你欠揍喔！」

全樂團的人又大笑了起來，連清影都笑得很開心。

阿昌解釋道：「清影，不要介意，我們樂團的人就是這個樣子，請不要見外，其實大家都是很好相處的人。」

「看得出來，感覺你們的感情都很好。」清影這麼說道。

「我是說真的，清影姐，我如果來了之後，發現不適合的話，我是真的不會再來的喔！我可不是跟你開玩笑的。」松柏說道。

「我很樂於接受這樣的挑戰，我相信你來玩過，一定會覺得很值得認識這項運動，這是一項會改變你人生的運動。」清影點了點頭。

「反正我也快高中畢業，不會繼續升學，也不用當兵，我多的是時間，來個幾次練習攀岩是還好。」松柏這麼說著。

「清影，妳放心，松柏一定會長長久久的來！」小羅拉著松柏的手說。

松影看著小羅苦笑著。

「最起碼我一定會長長久久的來，我保證！」小羅對著清影猛獻殷勤。

「無聊男子！」

「人家關心的對象又不是你！」

「真是夠了！老是這麼花痴，丟我們火山岩樂團的臉。」

在團員們虧著小羅的恥笑聲中，這一群人這才結束了跟攀岩協會的第一類接觸。

10

開始攀岩

第一場攀岩練習，就是在攀岩協會的練習場，這一天，火山岩樂團的團員們全員到齊。

「徒手爬上去嗎？」看著一座攀岩練習場座立在自己面前，對清影一往情深的小羅都有點懷疑是否能爬得上去。

「真的不矮啊！」團員們紛紛叫苦連天。

「我看不見要怎麼爬呢？」松柏也暗暗叫苦。

「根據我們設計的攀岩訓練，第一堂課我們不會教大家任何的技巧，請大家用自己能夠做到的方式往上爬……」清影這麼說道。

不等清影說完，天藍已經在那裡嚷嚷著：「怎麼可能，什麼都不教，那要怎麼爬上去啊？」

「大家請放心，我們練習場的周圍都有像撐竿跳一樣的床墊，即使從最高處掉下來，都不會摔傷，所以請大家盡量爬，不要怕摔。」清影解釋得非常仔細，要團員們安心。

「有保險嗎？」看著練習場的高度，阿昌自言自語的說道。

「有！」清影聽到有人小小聲的問著，她卻答得非常清脆響亮。

「這下好像沒有任何藉口不爬了。」大連這麼說道。

團員們力推「愛情力量大」的小羅第一個上練習場。

小羅才剛抓住第一塊石頭，就跌了下來。

然後其他幾個團員上前練習，沒多久也都跌個踉蹌。

換松柏上去，雖然他什麼都看不見，但是只看到他抓著一個支撐點後，另外一隻手尋找著另外一個支撐點。

「松柏，手往右邊一點，那裡有個支撐點。」底下的團員們叫著跟松柏提醒位置。

松柏的手在那裡揮舞著，終於摸到了另外一個支撐點，再把身體移過去。

結果松柏竟然爬到練習場的一半高度才跌到床墊上。

松柏並不知道他已經爬到練習場的一半，但是在底下看著的團員們都衝到床墊那裡說：「好樣的，松柏！」

「有夠厲害，敬佩敬佩。」

松柏慢慢爬起來後，清影忍不住問他：「你有學過什麼嗎？」

「我是第一次攀岩啊！」松柏這麼回答道。

「但是你的手指非常有力。你到底學過什麼讓手指這麼有力呢？」清影認真的說道。

「我是從小學鋼琴，手指是會很有力。」松柏答道。

「學鋼琴會手指很有力，這我是第一次知道。」清影不相信的反問。

「應該是，因為以前的鋼琴老師，他都說他們音樂班的排球隊也很有名，因為學鋼琴的人手指頭常常練習，所以會很有力。」松柏回想著以前練鋼琴的情景，這麼跟清影答道。

「我剛才看到你的攀岩動作，你還有一點很特別，就是你的背非常放鬆，背部的身體線條看起來很放鬆，這又是為了什麼？」清影好奇的問道。

「應該也是學鋼琴的緣故，以前練琴時，老師也是跟我們說背部放鬆，整個手臂和手指出力琴聲才好聽……」松柏這麼說。

「學鋼琴竟然有這麼多好處？」清影不敢置信的問道。

「應該是，要不然我也沒有多學什麼。」松柏回答著。

松柏仔細想想也覺得不可思議：「原來學過的東西都不會白學，以前學鋼琴時，從來也沒有想過這可以應用在攀岩上。」

清影一直猛點頭說：「今天也替我上了一課。」

團員們也紛紛稱奇的說：「我們的鍵盤手真的是很行！」

「學鋼琴真的是很不錯！」

「是啊！其實松柏玩鍵盤也是很快就上手。」

「我們要不要先停一下攀岩，大家一起再去學鋼琴好了！」阿昌開玩笑的跟團員們說道。

清影也說：「是啊！這樣說起來，松柏還要開課教我們鋼琴才是。」

「那先停一下這累死人的攀岩！」天藍苦笑著說。

大家說是這麼說，下個禮拜練習時，全團還是全員到齊來到練習場。

這一天，松柏就順利的爬完整個攀岩的練習場。同時，其他團員還在底下摔個沒完沒了。

「你們看，比想像中簡單吧！」清影跟團員們說著。

因為這一天，大家也慢慢找到攀岩的祕訣，一個個都爬得愈來愈順手了。

「這麼行！那下個星期開始爬戶外的攀岩吧！」清影這麼說道。

「會不會太快啊！」阿昌問著。

「不會，大家請放心，去戶外攀岩，安全措施一定會做得很好。」清影這麼說道。

那天大夥兒就在一片歡騰當中結束了練習，並且相約下個星期一塊去郊區實戰攀岩。

到了下個星期，除了松柏以外，全部的人都準時去了那個練習攀岩的山丘。

「怎麼回事？松柏呢？」阿昌問道。

「男主角沒來，我們這些陪榜的全到，這不是很好笑嗎？」大連這麼問道。

「好吧！那我只好今天來當男主角好了！清影就是女主角。」小羅對著清影笑著說。

「他其實爬得很好，很有天分，松柏是生病了嗎？」清影不放心的問著。

「還是大家去松柏家看看他？」天藍這麼提及。

「也好！本來就是為了他，他不來我們爬真的也沒多大的意義。」阿昌都這麼說道。

於是全部的人坐著小羅的車號號蕩蕩的來到松柏家。

「松柏沒去攀岩？」松柏的媽媽驚訝的問著。

「出了什麼事嗎？」清影不放心的問道。

「松柏說要跟你們全團的人去攀岩，每個禮拜的這個時間你們都要去練習的，不是嗎？」松柏的媽媽解釋道。

「那他跑到哪裡去了？」團員們開始擔心了起來。

一群人就坐著小羅的老爺車又開回樂器行的練習室。

到了那裡，才發現松柏一個人在彈著鋼琴。

阿昌本來要叫松柏，清影阻止了他。

「不問問他嗎？」阿昌反問著清影。

「讓他繼續彈琴好了，你們有空再問問他，不必急在這個時候。」清影這樣說道。

等到清影離開後，松柏慢慢從琴室拿著枴杖走了出來。

「松柏……」阿昌叫住松柏。

「啊！你們……」松柏非常驚訝聽到阿昌和其他團員的聲音。

「你是怎麼回事啊？」小羅不解的問著松柏。

「只是很想彈鋼琴，比起攀岩今天我比較想彈鋼琴。」松柏囁嚅的說道。

「只是很想彈鋼琴！你說得倒輕鬆，我們一群人還辛辛苦苦的跑到郊外的山丘，在那裡等著你，怕你出了什麼意外，又一群人趕到你家，然後再跑來樂器行，你就說聲很想彈鋼琴就把我們隨便放鴿子，也太隨便了吧！」大連說得滿臉氣呼呼的模樣。

「……」聽到大連這麼一番話的松柏，整個人是啞口無言。

「你到底在搞什麼啊？」急性子的大連追問著松柏。

「就是不想去攀岩而已。」松柏其實自己也搞不懂自己，混沌一片。

「你是我們這一群人當中爬得最好的，我們都不怕了！真不知道你是在怕什麼啊？」阿昌這麼跟松柏說。

松柏還是一片靜默。

「大家別這樣逼松柏了，我瞭解這種感受，他如果知道自己在做什麼，也不會這麼痛苦了！」小羅出來替松柏說話。

「你倒是好，現在這麼瞭解松柏。」天藍挖苦著小羅。

「每個人都有自己的透明天花板，就好像我也很想在清影的面前表現得很好，但是每次在她的跟前，就是把所有傻事都做過一遍，我也很想做好，就是不知道為什麼會這樣？如果我知道為什麼，我會不說清楚、不調整自己嗎？就是說也說不清楚，自己也不明白為什麼？不是嗎？」小羅解釋著松柏，順便解釋著自己。

小羅這一番話，倒是讓兄弟們安靜了下來。

「給他一點時間吧！松柏會想通的。」小羅這麼說道。

於是，團員們上前跟松柏拳頭對拳頭的互敲表示義氣之交，結束了今天的這場對話。

這場攀岩的練習停過幾次後，有一天清影邀請團員們去一個協會會員家裡參加派對。

「你們去就好了！我不想去。」松柏這麼說道。

「可是人家還邀請我們火山岩樂團去演唱開場，為派對熱鬧熱鬧，我們怎麼可以少了你這個鍵盤手呢？」阿昌這麼說道。

「應該是想要我去攀岩吧！」松柏說著。

「腳長在你身上，你不去攀岩，誰奈何得了你呢？」阿昌這麼對松柏說。

聽阿昌這麼一講後，松柏半餉說不出話來。

「就當是為了我們火山岩樂團，不是為了攀岩，怎麼樣？一起去玩玩啦！」小羅笑著說。

「就算不是為了火山岩樂團，也要為了小羅哥，人家對清影也是一片痴心，松柏小老弟要幫幫小羅哥才是。」天藍笑著說。

松柏不得已也只好答應了。

到了派對那天，松柏他們樂團的表演，一開始就獲得滿堂彩。

「沒想到小羅唱得這麼好！」清影滿臉驚訝的說道。

可能全樂團的人，注意力都放在松柏的身上，小羅也忘了他該緊張、也忘了誇張的耍帥，反而表現得出乎意料的精采。

「這是成軍以來，小羅唱得最好的一次，小羅真的是失常了！」阿昌老實的回答。

「真的、真的。」除了松柏以外，其他團員們無不稱讚小羅，為他的「失常」喝采。

「大家好！今天我們的派對有個餘興節目，大家要來進行個比賽！」派對的主人，也就是屋主這麼說道。

「這個比賽就是，我們家有一道門，請大家想辦法把他打開，誰的力量最大、能夠打開這道門，他就可以拿走派對的大獎，大家覺得如何呢？」派對的主人解釋著。

參加派對的客人們一個個上前，使出吃奶的力氣要來推開這扇門，結果怎麼用力都推不開。

火山岩樂團的團員們也一個個去試，結果沒有一個人試成功。

最後派對主人上前，沒有用什麼力氣，就把門打開了。

「其實這道門不是直著前後推開，它是一扇左右滑開的門，比大家想像中的容易打開。」派對主人笑著說道。

「那第一大獎我就留著自己用了！」派對主人這麼講。

松柏不是不明白這個遊戲的用意，「清影姐真是大費周章的幫忙我，想要提點我……」松柏這麼想著。

「或許事情沒有你想得那麼複雜！」

「松柏跟我們來試試看，你一定可以的。」

「你不要想說是為了攀岩，你就當是火山岩樂團的團訓！」

團員們力勸著松柏。

松柏什麼也沒有回答，那場派對大家都沉溺在雞尾酒調得多好、第一大獎是全套的攀岩用具裡，松柏卻一個人杵在那扇門的面前。

他不斷的用手左右的推著那扇門。

他體會著手和那扇門接觸的觸感，以及他用上的力氣……

松柏決定去挑戰徒手攀岩。

隔了幾天，松柏跟著火山岩樂團的團員們和清影姐，去到同一個山丘，挑戰徒手攀岩。

「你身上的防護措施都做好了，只管好好享受，不要多想，一格一格的爬就好。」清影姐交代著松柏。

松柏點了點頭，由清影姐先領他踏上第一個支撐點。

松柏摸到第二個支撐點時，他就覺得來對了……

因為實地攀岩和在練習場不太一樣，靠著真實的一座山丘，鼻子會聞到泥土的味道，那有一種真實和地球連接在一起的感覺。

松柏即使看不見，但是身體也能夠感受暖暖的陽光淡淡的撒在身上的溫暖，

「原來光線也有重量……」松柏在心裡這麼想著。

還有在攀岩的時候，有許多小鳥也會啾啾的飛來。松柏的鼻子還聞得到草香伴著花香。

「原來每一塊石頭的紋理也不一樣。」松柏小心翼翼的踩著每個點，手在觸摸

每一塊石頭時，手感也有不同。

「松柏做得好！」

「你已經超越顯頇小羅的紀錄了。」

「快到了喔！」

底下還有火山岩樂團的弟兄們在那裡加油著，松柏覺得之前自己怎麼那麼傻，會害怕來攀岩。

「看不見可能比看得見更享受！」松柏終於明白為什麼國外會推廣盲人攀岩，而清影姐又會寄資料給他。

11

墜落不等於失敗

火山岩樂團本來是陪松柏一起來練攀岩的，但是到後來，大家都覺得攀岩對於練團很有幫助。

「攀岩好像對團員的默契有很大的幫助。」阿昌團長都不禁這樣說道。

這一天，火山岩樂團開始練習先鋒攀登（on-sight），兩個人一組，落單的阿昌團長則是跟清影一組。

先鋒攀登是在完全沒有路線資料的情況下，第一次攀登就成功完爬，而且不能有任何的墜落。

這種先鋒攀登，隊友之間的默契變得相當重要。

只見到大連和天藍的那組，在底下的大連，性急的破口大罵：「你平常很愛假裝是豬，你還真像頭豬，我不是要你往右手邊再兩組動作就到了支撐點，你怎麼都沒聽進去啊？」

在上頭的天藍轉身說：「那你來爬啊！不要在底下罵！最好的批評是做出成功的示範。」

這才剛說完，天藍就從上頭「墜落」了。

「豬，真是頭豬！」上來「接」他的大連，還是沒放棄的繼續罵。

至於小羅和松柏這組，負責攀登的松柏由於看不見，反而在這樣的先鋒攀登占了點便宜，不會往下一直看，愈看愈害怕。

「松柏，這一條路線長得有點像是玻璃彈珠，很光滑……」為了彌補松柏眼睛看不見，小羅要描述得非常仔細。

「反正我本來話就很多，這也沒差。」小羅自願擔任松柏的「導航員」，他覺得這比起親自上去爬好多了。

「這裡的岩石是花崗岩的成分居多，那你大概知道是怎麼回事了！」小羅在底下繼續「實況轉播」。

由於花崗岩比較滑，所以松柏剛上去時，差點落到繩索上，喪失先鋒攀登的資格。

「小心點，松柏，你要放輕鬆點，跟著我的拍子，一……吸氣，二……吐氣，做深呼吸……」小羅當導航員的好處是，他一直是個主唱，帶領起來非常「入戲」，也巨細靡遺。

這個時候，松柏的腳步開始凌亂，許多的石頭從他的腳旁掉了下去。

「不要緊張，松柏，快到目的地了，回來我們再做點腳部的重量訓練，穩住，不要慌亂，你的腳雖然不穩，但是別忘了，你有一雙鋼琴家強健的雙手，這是很多人比不上的優點，穩住……」小羅說得非常仔細，仔細到囉唆的地步。

這個時候，松柏開始慌張起來，因為他的右手在抓壁緣時一直揮不到、抓不著，他開始大聲喊著：「下降，我要下來了！」

小羅在底下比松柏更大聲的喊著：「可是你只剩下兩組動作就到了，忍一下就過去了。」

松柏在岩上測度著：「就算我抓到了，我也沒有把握有足夠的力氣爬到下個支撐點，把繩子穿在下個保護點來固定住……」

「松柏你聽我說，真的就剩兩組動作，你撐一下就到了！這時候下來太可惜、太可惜了！」小羅在底下焦急的往上傳送訊息給松柏。

松柏在上頭則是開始計算成功的機率：「大概不到百分之十吧！」

於是松柏開始喊著：「下降，我要下來了。」他鬆了手，沿著繩索往下降，松柏還控制著繩索，讓他自己在繩索上掛個十來分鐘，慢慢恢復體力，再往下降到地面上來。

等到松柏的呼吸開始比較調勻後，迎上來的小羅，拉著松柏的手在地上畫著路線圖。

「你剛才在這裡，目的地在這，比你落下來的位置還近，真的是可惜了。」小羅指了那幾個點跟松柏說。

「這麼近啊？」松柏驚訝的問道。

「是啊！不信，你可以現在再爬一次，我在底下跟你說。」小羅這麼建議到。

結果這一次，松柏一上去很快就從岩壁爬上了山頂。

不過這樣就不算先鋒攀登，還是只能算失敗。

這樣的例子，在攀岩石常常會發生，樂團的人都有種體會，很多時候，所謂的成功都在快要失敗，卻又不願意放棄的那一刻誕生。

「好像每次的失敗都是自己先放棄的。」松柏這麼說道。

團員們也紛紛點點頭同意。

「只有冒著墜落的可能，才能避免失敗。」阿昌團長老是這麼說。

「墜落並不等於失敗，而是想辦法讓自己發揮到極限，突破自己的透明天花板，到達自己想要的目的地。」

團員們在練團時也常常交換這一類的攀岩經驗。

最先運用攀岩經驗在日常生活中的，就是主唱小羅。

小羅這一陣子，又喜歡上隔壁班的一個女同學，那個女生跟他一樣是大傳系的學生，但是在不同組，還是學校的校花。

小羅自從開始練習攀岩後，也對清影愈來愈沒興趣，轉而開始注意那個隔壁班的校花。

「你又來了！這次你要拿CD去給人家的時候，如果中途又逃跑，請你拿別人的CD過去，不要拿我們樂團的去丟臉啊！」阿昌團長常常嘲笑小羅有色無膽，常常出去丟人現眼。

「我現在才明白上帝的安排，他讓我認識清影，並不是安排她與我相會，而是要我跟攀岩相會……」小羅自我勉勵的說道。

「你很會自我安慰，很好，最起碼精神狀態是優的。」天藍笑著小羅的阿Q精神。

「經過攀岩的訓練，我決定了……」小羅站在練習室的椅子上跟全團員宣布著他的決心。

「我一定要轟轟烈烈的愛一場。」小羅這麼宣示道。

團員們已經笑到東倒西歪，看著小羅認真的表情，大家都覺得娛樂性十足。

「我邀請大家來做我歷史性的見證。」小羅這麼說道。

「你自己都不怕丟臉了！我們也沒什麼好怕的，要去哪裡啊？」阿昌團長問道。

「去我們學校的共同教室，下課時我將會對她表白。」小羅這麼說道。

「不用松柏再去當瞎子，讓你假裝是個大善人喔？」天藍揶揄著問道。

「不用！」小羅趾高氣昂的說著。

「還是用那招，你以前要我們說過，就是在你旁邊一直罵髒話，襯托出來你很有氣質。」大連笑著問小羅。

「也不用！」小羅繼續很有氣魄的說道。

「哇！反常了！小羅失常了！」團員們驚呼著。

「是的，這一次，我要扎扎實實的表現出我自己，再也不要用那種小花招、小妙招來贏取女人的芳心，我要做我自己。」小羅擺出雕像般的姿勢這樣說著。

「當然囉！因為以前的方法都沒有效啊！」阿昌打了小羅一記腦袋。

「是的，我研究過了，之所以都沒有成功的原因，就是我沒有表現出真實的自己，做自己很重要，我要奮力一搏，即使失敗也要盡力，不要閃躲，這是我在學攀岩時得到最大的教訓。」小羅這麼說道。

「好有男子氣概喔！這是我認識小羅這麼久以來，他最有男子氣概的一次！」大連都忍不住為小羅喝采。

到了那一天，小羅開著他的老爺車，把團員們都接到他學校後，將他們安插在教室最後面，他則是抱把吉他跑到階梯教室的最前面。

「那個女同學漂亮嗎？」眼睛看不見的松柏問著其他的團員。

「小羅那個外貌協會的傢伙，喜歡的女生沒有不漂亮的，都嘛是很漂亮、很正

的馬子。」天藍跟松柏描述著。

「他真的行嗎？」松柏擔心的問道。

「反正你枴杖也帶了，了不起他真的不行了，再使出那招盲人問路，小羅有愛心的老套。」天藍笑著說道。

「我們不可以老是利用松柏的眼睛，真是罪孽喔！」阿昌這麼說著。

「我沒關係的，只要可以幫小羅哥追到女朋友，我也覺得很有趣。」松柏笑著說道。

「小羅這個傢伙沒有女人吵死了！為了我們耳朵的清淨，大家真的要幫他想辦法追到女朋友。」天藍和大連都這麼建議著。

「而且你們有沒有發現！」阿昌團長在那裡碎碎念著。

「啥？」大夥兒問道。

「大家好像都知道小羅跟我們是一夥的。」阿昌覺得很丟臉的說。

「廢話，我們全部染成紅頭髮，誰會不知道我們是一夥的，頂多不知道我們是火山岩樂團的而已。」天藍嬉笑怒罵的說道。

「對耶！我看不見，都忘記我們全都是紅頭髮的人了。」松柏也笑了出來。

「小老弟，我有時候還真羨慕你看不到，你沒看到大家看小羅的眼神和看我們的眼神，感覺人家都把我們當怪物。」大連摀著臉說。

「大連哥，我們是rocker，rocker不是就要夠勇、夠直接的表達自己嗎？這是你跟我說的，你每次都嫌我古典音樂味太重，你這個rocker怎麼可以為小羅哥勇於表達自己丟臉呢？」松柏不解的問道。

「對耶！你真是一語驚醒夢中人。」大連恍然大悟的說道。

於是大連馬上從教室最後一排的椅子上站了起來說：「小羅，你是個rocker，你行的。」

然後全團的人和小羅一起比著搖滾樂rocker的手勢，在教室裡頭叫囂著。

「這是哪裡來的？」

「這年頭瘋子還真多！」

其他不知情的同學們滿臉驚訝的說道。

連阿昌團長都「開悟」的站了起來說：「你們要問我們是從哪裡來的，我們就是……」

「火山岩樂團！耶！」全團的團員們又很熱的比了搖滾樂的手勢，歡呼著樂團的團名。

坐下來後，阿昌團長興奮的說道：「就算小羅沒把到妹，這也是我這輩子最有意義的一天了。」

「是啊！別忘了墜落並不等於失敗，發揮到我們的極限才是最大的贏家。」松柏說著大家從攀岩學來的道理。

幾個大男生興奮的擁抱成一團。

看到團員們這麼熱情，小羅也清了清嗓子對那個校花說道：「小白，我很喜歡妳，我想唱一首歌送給妳。」

小羅把插好電的電吉他彈了起來，唱著《愛死你》，還一人分飾兩角，同時唱著rap。

「太神了！」光用聽的，松柏都為小羅喝采。

「好樣的！」兄弟們在後頭為小羅鼓譟著。

「早知到就全團的人來幫他伴奏，電吉他彈得這麼爛還敢彈喔！」團長阿昌，也是吉他手這麼抱怨著。

「非專業的聽不出來他彈得很爛，誠意到了就好。」連壞脾氣的大連都稱讚起小羅。

小羅的演唱還是維持正常水準，所有該走音的地方都走音，不該走音的地方也破音了。

那位校花小白和她的同學們聽到笑得花枝招展、樂不可支的表情，還要忍住不要笑出來。

「真是難為那個女的，想笑還要忍住不要笑出來傷到我們小羅。」天藍講到這裡笑到躺在椅子上。

「誠意到了就好啦！這已經是他這輩子唱得最好的一次。」松柏也揶揄起小羅的演唱水準。

「今天在這裡聽他唱歌，突然發現他好像是我們樂團裡的老鼠屎！」團長阿昌也是大笑的說。

「是啊！是不是該換主唱了！」大夥兒紛紛討論起來，笑成一團。

只有前面的小羅還唱到上氣不接下氣。

等到他唱完後，全團還是很給面子的喊起安可。

怪的是，喊安可的還有很多不認識的同學們。

小羅放下電吉他，拿出兩張演唱會的門票，問著小白說：「我是一匹孤獨的狼，我想邀請我的天使跟我一起去聽演唱會，請問妳願意嗎？」

小羅這麼說後，最後一排的團員們都做嘔吐狀。

「好好請人家去聽演唱會就好，還要搞這種花招。」

「是啊！肉麻死了。」

「本來很有感覺的，被他這麼一弄，突然都跌了下來。」

大家在後面直說雞皮疙瘩掉滿地。

不過全場的焦點，現在都放在小白的回答上……

「我是覺得天使就要跟天使在一起，為什麼要跟狼在一塊呢……」小白同學這麼說道。

「啊！那是不是沒望了？」松柏緊張的問起其他眼睛好的人。

「不過，偶爾跟狼在一起，也可以感化他們一下，算是不錯啦！」小白收下了演唱會的票。

全場發出歡呼聲。

「成了嗎？」松柏問著其他的團員，要他們實況轉播清楚一點。

「成了、成了，小羅終於約會成功了。」最後一排的團員們也不知道在高興什麼，全部抱在一起狂嘯。

小羅跟後面的團員比出一副勝利的手勢，大家這一天都開心爆了，好像跟小羅一起交到女朋友一樣。

12

做個有用的人

當松柏還在享受攀岩的樂趣時，家裡發生了一件重大的事……

爸爸之前幫小姑姑的貸款當保人，結果小姑姑竟然不繳錢，現在銀行要來跟爸爸追討，如果不付的話，家裡的房子可能要被查封。

「為什麼我不知道這件事？」媽媽高聲的質問爸爸。

「想說妳知道的話，一定不准我這麼做，就……」爸爸囁嚅的說著。

「你妹妹有沒有點良心，為什麼她要弄錢，不去找外面的人，而是都找自己人呢？她要你當保人，你就乖乖的當嗎？」媽媽氣到幾乎說不出話來。

「自己的妹妹一個人挑起家計已經夠辛苦了！她找我幫這個忙，我這個當大哥的人怎麼好意思拒絕呢？」爸爸搖著頭說。

「你會體諒你妹妹的辛苦，為什麼不來體諒我的辛苦呢？我們家的經濟重擔不夠重嗎？」媽媽講到這裡開始放聲大哭。

爸爸也不知道該怎麼安慰媽媽，只能一直勸著她別哭了。

「你要我別哭，我怎麼會不哭呢？倒會的錢和你當保人的貸款都要我們來付，這個擔子壓下來，我怎麼會不哭呢？本來是想幫松柏多存點錢，這下可好，錢沒辦法給他，留給他的只有債務和經濟重擔，到時候他的眼睛要開刀，我們根本一毛錢都拿不出來，這要怎麼辦？」媽媽擔心的說著。

「妳想太多了！醫生也還沒有說要開刀。」爸爸不解的說道。

「我們當然要先準備，總不能醫學上能解決松柏的問題時，我們沒有準備吧！」媽媽氣呼呼的說。

從那之後，爸爸媽媽在家裡就經常為了錢吵架。

「松柏，今年的國際先鋒攀登比賽要在法國舉行，怎麼樣？有沒有興趣參加呢？」清影問著松柏。

「我？可能嗎？」松柏不敢置信的問道。

「大家都覺得你很有天分，可以報名試試看。」清影這麼說道。

「我練習攀岩也沒多久，而且還是個盲人，根本看不見，好像去參加這樣的國際大賽，有點班門弄斧。」松柏不相信自己有這個能力可以參加。

「協會的同事們也都覺得你的確還有可以加強的部分，但是所有的比賽都有變數，或許你努力一搏，會為我們攀岩協會奪下一面金牌也說不定。」清影鼓勵著松柏勇敢接受挑戰。

「可是……」松柏低著頭說。

「怎麼了？」清影問道。

「我們家最近有很大的經濟困難，去法國比賽各方面的開銷都很大，我不想再加重爸爸媽媽的負擔了。」松柏勉為其難的說。

「這樣啊！」清影點了點頭。

結果松柏的媽媽無意間從清影那裡得知松柏因為沒有錢不想去法國比賽攀岩，媽媽整個人的火氣都上來了，媽媽一個人往小姑姑的家裡走去，爸爸看見媽媽不對勁也跟了出去，阿嬤和松柏也擔心媽媽做出什麼衝動的事情，兩個人互相攙扶著，往小姑姑的家中前去。

「大嫂，真是難得啊！怎麼有空來我們家呢？」小姑姑一臉難看的說道。

「就是因為妳，害我們松柏沒辦法去法國比賽，妳今天一定要吐出一點錢來，讓我們松柏可以順利的報名參加攀岩比賽。」媽媽跟小姑姑嚷嚷著。

「瞎子參加攀岩比賽，你們真的是很無聊，這有什麼好比的呢？少在那裡為了

要錢找出一堆明目出來。」小姑姑沒好氣的說道。

「妳從我們這裡挖了那麼多錢要去幫妳兒子開攝影工作室，我難道不能為我兒子要參加比賽跟妳要點回來嗎？只有妳兒子才是寶嗎？」媽媽氣得大叫。

「我都已經說了！你們家松柏是個瞎子，連路都走不好了！還說要攀岩，不是很好笑嗎？簡直就是浪費錢。」小姑姑笑道。

「是不是浪費錢輪不到妳來說，把我們家的錢還我們。」媽媽氣到要上前抓住小姑姑，爸爸看見媽媽的舉動，趕緊拉住她。阿嬤和松柏也不知道該怎麼辦，只能在小姑姑家的門口不斷的搖頭嘆息。

結果松柏一行人到小姑姑家根本什麼錢都沒要到，還讓小姑姑數落了松柏一頓。

松柏心裡是放棄了攀岩比賽，火山岩樂團的團員們則是紛紛鼓勵松柏參加這項比賽。

「你真的很有天分，是我們團員裡面攀岩攀得最好的，錢的事大家可以一起想辦法。」阿昌團長這麼說。

團員們和清影都要松柏先加入代表隊開始基礎訓練，錢的事大家再繼續找人幫忙。

「比想像中的辛苦多了！」才第一天，松柏就已經想退出代表隊。但是，記者會都已經發表出去了……

攀岩協會第一次有失明參賽選手，還特別為了這件事辦了記者招待會，順便呼籲社會捐款贊助選手們的旅費。

「請問韓選手，參加這次的國際攀岩比賽，你最大的挑戰是什麼？是你的眼睛嗎？」有記者這樣問松柏。

「其實眼睛早就不是我攀岩的問題，我最大的障礙是我的心。」松柏誠實的回答道。

「韓選手你的回答很狂妄喔！感覺在你眼中唯一的敵人就是自己一樣，沒有別人。」另外一位記者插嘴進來追問此問題。

「對不起，我沒有要表現驕傲的意思，而是每一次的攀岩，對每一個人來說，最大的挑戰都是那個人的那一顆心，這點，我和我樂團一起攀岩的朋友討論過，他

們也同意。」松柏這麼說道。

「眼睛真的不是問題嗎？因為很難想像！」第一位發問的記者，可能為了他寫的記者稿，一直追著松柏問眼睛的事。

「真的不是，我反而很感謝清影學姐邀請我來攀岩，讓我不再有那麼多的關於假使的問題。」松柏因為看不見，所以他在回答任何問題的時候，都等於是在心裡跟自己再三討論一樣，才說出口。

「能否再解釋得清楚一點。」別的記者對松柏說的這件事也非常有興趣，加入討論當中。

「以前剛失明的時候，常常會在心裡想著，假使現在我的眼睛好好的，會怎麼樣？」松柏說起上高中後失明的那段時間。

「常常就會心生不滿，愈想愈會去想假使自己變成別人會如何？然後累積更多對自己、對現況的不滿。」松柏誠懇的解釋著自己經歷過的一切。

「直到認識攀岩後，我才慢慢不去想這種假使的問題，而是實際享受攀岩、享受我現在的人生……」松柏非常強調這點。

松柏繼續補充道：「我慢慢開始想的是如何善用我現在的優點，如何從現在所擁有的一切，進而去達到自己的人生目標，我快樂多了！」

松柏這麼一說完，清影都不禁為他叫好，替他鼓掌。也有不少的記者站起來為松柏鼓掌。

結果這一場記者會後，各家的媒體把松柏的訪問都做得不小，搞得松柏還沒正式比賽，壓力就非常大，還要擔心錢不夠沒有辦法到法國去。加上攀岩集訓練習真的很吃緊，為了鍛鍊肺活量，松柏花在跑步機上的時間，就比他從小跑步的時間加起來，都多上許多。

然後在徒手攀岩的練習場，松柏不斷的、一遍又一遍的從岩石上摔下來。雖然底下有床墊，但是摔上這麼多次，就算是走樓梯，走那麼多遍，也會讓人煩不勝煩。

松柏覺得自己簡直就是說一套做一套，在記者會時可以說得很漂亮，但是實際上他的心裡還是有許多的軟弱和情緒，只要練習不順利，他就很容易在耳朵邊響起小姑姑說的那些話，覺得自己真的很像小姑姑說得那麼沒用，從小到大家裡花在自

己身上的錢都是白花的。

「為什麼我要逞這個強呢？我這個瞎子硬是要去攀岩又為了什麼？這樣有什麼好處？只是讓爸爸媽媽的經濟壓力更大而已。」松柏的心裡一直不能夠放過自己，所有小姑姑說的刻薄的話，不知道為什麼？在這個時候特別容易被他抓過來貶低自己。

最後一次摔下來時，松柏躺在沙包床上，他開始鬼吼鬼叫的宣洩自己的情緒。

「松柏，行嗎？」清影姐上前問道。

「只是很累而已。」松柏垂頭喪氣的說道。

「感覺很像被逼到極限是嗎？」清影姐問著。

「妳怎麼知道？」松柏好奇的問著。

「我也當過儲備選手，你忘了？」清影姐點點頭。

「感覺所有的人都在逼我，連不認識的人也在逼我，要我態度好，對注意他們一點，但是我只有一個人，時間也是那麼有限，我真的不明白他們為什麼不能多體諒我一點？」松柏劈哩啪啦的說了一大堆不滿出來。

「我也經歷過這些，我都瞭解，可是你也知道，這就好像一個極限，等到你穿越過後，你就會發現自己在另外一個境界了。」清影姐是這麼說的。

「我真的不知道我會不會穿越得過，但是我已經有種快要粉身碎骨的感覺了！」松柏這樣講道。

「別忘了，你們團員們也都承認，攀岩這種運動，就是把人逼到某種絕境，結果後面往往就是柳暗花明又一村。」清影說著松柏他們說過的話。

「但是，真的是很痛苦、很磨人啊！」松柏嘆了很大的一口氣。

清影姐再三的跟松柏說，每一屆的訓練都是如此。

結果集訓的那段時間，松柏還答應了小羅，要教他的女朋友小白鋼琴。他們通常是在樂器行老闆那裡練習。

小白說真格的，還不是普通的沒有音樂天分。

「看在小羅哥的面子上，還是要好好的教她才是。」松柏不斷的在心裡跟自己這麼說道。

可是小白又沒天分，又不好好練習，往往讓松柏覺得教她鋼琴好像在浪費自己

的時間，這些時間自己拿來休息都是好的。

「要忍耐，再一下下就好了。」松柏不斷的這樣跟自己說。

結果這一天，松柏教小白一個指法，小白耗在鋼琴上一直彈不攏，事實上，這已經是上個禮拜教小白的，看得出來，她回家是一點也沒有練習。

「妳為什麼這麼沒用啊？」松柏的脾氣也上來了。

「啊？」小白嚇了一大跳，平常溫和的松柏一下子說了這些，讓她有點摸不著頭緒。

「請問這跟有沒有用，有什麼關係？」小白問著松柏。

「每個人都有自己的生活要過，本來就應該盡量不要帶給別人麻煩，妳看看妳，又沒有音樂天分，又不好好練習，真的是很沒用耶！」松柏用狂飆的吼聲怒罵著小白。

偏偏松柏的這些話，讓在隔壁練習室的小羅都聽得一清二楚的。

「有什麼話好好說啦！」小羅還耐著性子打圓場。

聽到小羅說要好好說話時，松柏不知道什麼，火氣更是上來了，他繼續憤怒的說道：「之前跟小白都好好說，可是她一點也不自愛，好說歹說都說不聽，只好對她用罵的了！」

小白這時候已經哭到不行，小羅摟摟她安慰著她。

「松柏，你就看在我的面子上，對我的馬子客氣一點啦！」小羅這時候都還能好好的對松柏說話。

「反正我又看不到，她可能對你使出美人計，你就什麼都依她，但是學鋼琴本來就要練習，她根本一點都不練，就來上課，我是真的很不滿意這樣的學生！」松柏愈說愈氣。小白也愈聽哭得愈兇。

「這樣就有人身攻擊囉！松柏！」小羅看起來也有點火氣上來，覺得松柏罵他的女朋友就等於是罵他一樣。

其實這時候，有個人走了出去，或是不在現場也就算了，時間過去，可能也吵不下去。

可是今天的小羅和松柏，兩個人看起來就很想找人吵架的樣子。

「你是怎麼回事啊？」小羅推了松柏一下。

可能松柏看不見，小羅的手勁又大了點，松柏就整個人摔在地上。

「你為什麼打人啊？」松柏也氣得回拳給小羅，兩個人就在鋼琴練習室這邊扭打了起來。

「別打了、別打了……」剛才哭得很兇的小白，看到這樣的場面，也是一直勸架，要小羅和松柏分開。

其他樂團的團員們，聽到不對勁，也紛紛跑進琴室，硬是把小羅和松柏分開。

「小羅，一定是你不對，松柏平常連話都客客氣氣的，你怎麼去打人家呢？何況他眼睛還看不見。」阿昌團長首先教訓起小羅。

「沒有，今天是松柏很莫名其妙，罵我女朋友罵得很兇，那我不揍他，怎麼在我女朋友面前混啊？」小羅氣急敗壞的說道。

「對！他現在紅了，了不起了，大家都認識他，他就開始跩起來。」小羅繼續這麼說道。

「我沒有……」松柏氣得直說沒有，還試圖想用腳去踢小羅。

「你們兩個今天真的很奇怪，這種事平常是我做的才對啊！怎麼換你們兩個今天來演全武行呢？」大連有點苦笑的說著。

「好了，兩個都冷靜一下，少說一點。」天藍也站在松柏和小羅的中間，看能不能讓兩個人不要再說任何話了，天藍還想用手去摀住小羅的嘴巴，省得他又射出什麼唇槍舌劍出來。

小羅用力的揮開天藍的手，繼續發飆著：「松柏，你最好自己去反省一下，你自己壓力大，要會自己去排解，而不是罵我女朋友出氣。」

「你一直說要我女朋友做個有用的人，那是你自己的自卑感作祟，你想靠著這些來證明你的價值，我女朋友不用，人家學琴真的就是娛樂消遣，你憑什麼說她沒用呢？」

「你是真的不太一樣，變了，我說不上來，你就是變了……」

小羅一股腦兒把所有想講的話都說了出來，然後帶著女朋友離開現場。

松柏則是坐在地上大呼小叫的，像是要把自己的所有壓力和不滿都喊出來一樣。

13 攀岩比賽

松柏和火山岩樂團的其他人安靜了好一會兒。

火山岩的團員們很少有不說話的時候，但是今天在這個練習室，大家只是坐在地板上，一句話也沒有說。

「你們覺得我真的變了嗎？」隔了許久，松柏才蹦出這麼一句話出來。

其他的團員們有點尷尬的模樣，最後還是阿昌團長說話了：「或許小羅現在說的都是氣話，也或許那個傢伙就是個重色輕友的人，但是他現在說的還是有值得參考的地方。」

「我不覺得你變了！但是會覺得你並不把我們當成朋友。」天藍是這麼跟松柏說道。

「不把你們當成朋友，這真的太嚴重了！在我心裡面，你們真的是像我兄弟一樣情感的朋友。」松柏覺得這讓他有點無法承受。

「松柏，我們是一個三流的樂團，可能繼續練團下去，玩音樂的實力都不會進步，但是我們對你的情感肯定是一流的，我們真的很關心你。」阿昌語重心長的說道，連火山岩樂團是個三流的樂團這種話都說出來了。

「我們私底下常常討論到你，也很想為你做些什麼，但是你幾乎有什麼苦都自己扛，從來不跟我們說，總是報喜不報憂……」天藍這麼講著。

「或許松柏是獨立慣了，希望自己能夠解決事情，不要給我們帶來麻煩，我也是這種個性的人啊！覺得說很多，好像很婆娘。」大連這麼一說，原本有點氣氛嚴肅的練習室突然一片笑聲又迸了出來。

「朋友就是這樣，有什麼好的、壞的，都可以說出來分享，不一樣要說成功的事情啦！」阿昌也這麼說道。

「我們都知道你最近這一陣子很苦，但是你從來不跟我們說，問你你也都說好，那我們也就只能遠遠的看你而已。」天藍邊說邊拍了一下松柏。

松柏點了點頭，心裡萬般滋味。

「松柏小老弟，大家真的都很關心你，你別看那個花心小羅，他常常還會提到，說你的眼睛有沒有可能去開個刀、動個手術就會好，他真的很記掛你！」阿昌淡淡的說。

「對啊！上次他還在講，要去找個聲樂老師開發一下他自己的聲音，或許唱得好一點，我們火山岩樂團還可以出個唱片、多賺點錢，找更好的醫生來看你的眼睛，他可是說得很認真的。」天藍提及這件事。

「松柏，你是不是在擔心旅費的事情？擔心讓爸爸媽媽的壓力變重？」大連問了起來，松柏點點頭。

「清影說會長有在到處找人贊助，情況比你想像中的好。大家都在背後默默的愛你，你不用那麼硬撐著，也不要逼自己一定只能表現好……」阿昌說道。

「是啊！就算你表現不好，什麼都不是，你還是我們的松柏，我們還是很愛你啊！」天藍感性的說。

「就不要硬逼自己非得要怎麼樣，盡力就好了。」大連安慰著松柏。

松柏原本很生氣，但是這一群兄弟們感性的談話後，他有種很想哭的感覺……說著說著，就在練習室裡頭大哭了起來。

可能壓力壓得他太久了，這一哭就有點無法收拾。

「別哭了啦！我們也不是在指責你，你看小羅唱得這麼爛，我們還是當他是兄弟，從來也沒有想把他這個主唱換掉的意思。」天藍跑去拿衛生紙，擦了擦松柏的眼淚。

「哭一下應該比較好了吧！」阿昌這麼跟松柏說。

松柏邊哭邊點點頭。

「其實當朋友，要禁得起吵架，吵過之後可能感情還會更好。」大連也這麼跟松柏說。

「不過我要抗議，剛才團長說我們是一個三流的樂團，這我不能接受喔！」天藍開始打鬧了起來。

「我們火山岩樂團還是可以當一流的樂團，同時也是一流的朋友，這樣不是更讚嗎？」天藍認真的說道。

「是啊！假如松柏愈來愈有名，大家也會知道松柏參加一個火山岩樂團，愈多人注意，我們就要表現得愈好才對。」大連拿起鼓棍在那裡耍了起來。

「謝謝大家跟我說了這麼多，我很感動。對我來講，現在攀岩比賽得名不得名，對我來說已經不重要了！重要的是，我知道自己擁有的這麼多……」松柏有點哽咽的說道。

「我想要挑戰的是我自己，透過比賽看看自己的極限在那裡，很想全力以赴。」松柏這麼講著。

「別忘了，不管比賽的結果怎麼樣，你都是我們的好兄弟，這才是最重要的。」阿昌感性的說道。

「我知道，這也對我很重要。」松柏點點頭說。

那天回家之後，晚飯的餐桌上，媽媽忍不住跟松柏說：「你看起來真的很累，好像哭過了一樣。你是不是在擔心錢的事情？媽媽說過，這件事讓爸爸媽媽來煩惱就好，你就專心練習。」

「媽媽，沒啦，只是練習太累了而已。而且我才正想要說，錢的事你們不要再煩惱了，如果真的沒有旅費，我頂多就不要參加比賽而已，以後有錢再去就好，真的不要太過勉強。」

「還說沒，才集訓沒多久，看起來就瘦了快五公斤的樣子。」媽媽在那裡抱怨著，也故意跳過錢的事情不討論。

「松柏，阿嬤的寶貝孫，要注意身體喔！不要太累了。來，多吃一點阿嬤煮的

烏骨雞湯，就是煮了幫你補補身體的。」阿嬤趕緊用調羹添了雞肉，放在松柏的碗裡。

「阿嬤，不要省給我一個人吃啦！妳自己也要多吃一點營養的東西，醫生不是這麼說嗎？」

「阿嬤老了，松柏多吃一點還有用。」

就在祖孫兩個人在那裡推說對方要補的時候，爸爸這時候清了清喉嚨。

「松柏，爸爸要跟你說一件事。」爸爸正色的說道。

「爸爸，怎麼這麼嚴肅啊？」媽媽好奇的問著。

「因為這件事我從來沒有跟其他人說過，但是這一次，我覺得一定要跟松柏講……」爸爸很認真的說。

「爸爸，怎麼了嗎？」松柏看到爸爸的神情，有點納悶起來，爸爸平常很少這麼說事情。

「嗯……可能大家都不知道，爸爸其實一直有個唱歌夢。」爸爸有點害羞的說道。

「什麼？唱歌夢？」媽媽大聲的笑了出來。

媽媽笑到眼淚都流了出來說：「我認識你這麼久，不知道你有一個唱歌夢耶！你真是會藏。」

「是啊！那時候要跟你求婚時，我本來是去參加一個歌唱比賽，想說比到決賽要上電視，我可以在電視上跟你求婚。」爸爸低著頭傻笑的說。

「好浪漫喔！我都不知道爸爸有這麼浪漫的一面。」松柏說到這裡精神都來了，看起來一點都不累的模樣。

「我真的有去比喔！」爸爸強調著。

「那結果呢？」松柏好奇的問。

「比到決賽的前一關的資格賽，那天我的朋友還借了一套西裝給我，讓我穿到電視台去唱。」爸爸笑咪咪的說。

「你沒比過嗎？」松柏問道。

「那天我坐在那裡等著參加比賽，就聽到旁邊很多人在那裡竊竊私語的說道，那個人好土喔！看起來像是修機車的穿西裝來比賽，這樣還敢來！」爸爸說著那天的情形。

「我愈聽愈難過，我知道自己沒有什麼錢打扮，不像別的參賽者都是穿當時最時髦的衣服，我只能穿借來的西裝，根本沒有什麼選擇，別人願意借我，我已經很開心了，聽到人家這麼一說，我也覺得自己真的有夠土的，就摸摸鼻子回家去，根本沒有去領號碼牌參加資格賽。」爸爸說起這一段陳年往事。

「還好，後來你還是跟我求婚了。」媽媽笑道。

「可是心裡一直有個遺憾，如果我真的去比賽了，在電視上問你媽願不願意嫁給我，那該有多好呢？」爸爸這麼解釋著。

「不管你是不是在電視上跟我求婚，我都會嫁給你啊！」媽媽貼心的這麼說。

看到爸爸媽媽這樣甜蜜，松柏開玩笑的在那裡直說：「雞皮疙瘩掉滿地了。」

連阿嬤也跟著笑了起來。

「是啊！我是一定會嫁給你爸沒錯，因為那時候只有你爸一個人追我，我也沒有其他人好嫁。」媽媽這麼一講，整個韓家更是笑到屋頂都要掀了起來。

爸爸有點悻悻然的模樣。

「沒啦、沒啦……嫁給你後，我從來沒有後悔。」媽媽也認真的說道。這一陣子為了錢一直跟爸爸吵架的媽媽，這時候說起這些，更是顯得難能可貴。

「爸爸今天提到這件事的用意是什麼啊？」松柏好奇的問著爸爸。

「爸爸只是後來常常會想到，假如當初我沒有聽進別人的話，好好的去比賽，不知道結果會如何？這麼些年來一直想到這件事。」

爸爸繼續說道：「只要盡力去做，就不會讓自己後悔，不要跟我一樣，都比完那麼久了，心裡還一直記掛著那個比賽。」

「我們沒有後悔我們的婚姻就好了。」媽媽這麼跟爸爸說。

「我們也從來沒有後悔有過松柏這個孩子，每次看到你就覺得老天爺對我們真的很好。」媽媽轉過頭來跟松柏這樣子說道。

「是啊！是啊！有松柏這個孩子真好，我們一家真的很幸福。」阿嬤頻頻點頭稱是。

「因為我們這一路上都很認真經營我們的家，就不會後悔，每一次關鍵時刻，一家人都很認真參與在其中，回頭想想，我們真的一起走了很長的一段路啊！」爸

爸有感而發的說道。

「爸爸，我知道了，這個道理我懂。」松柏跟爸爸點了點頭。

結果松柏去法國的旅費，在一筆筆的小額捐款下，再加上攀岩協會做了點貸款，終於可以順利成行了。

「有必要用貸款的方式來籌旅費嗎？我們也可以選擇以後再去啊？」松柏問著清影。

「你不要想這個，就好好比賽，我會陪你去法國比賽，你就專心爬，其他什麼事情都不要想。」清影這麼說道。

這次的先鋒攀登，選在一個非常難爬的山區峭壁上。

「怎麼找到這個點的，從來沒有聽人家說爬過這座。」清影嘖嘖稱奇的說道，直說外國的舉辦單位真的很會找場地。

這是一片無人攀登過美麗岩石，根據清影目擊，這應該沒有任何攀登好手爬過，主要不在於難度高，而是整個岩壁上缺乏天然的保護點。

清影覺得完全找不到裂縫可以塞入固定點，整個峭壁就是垂直的五層樓高，上頭滿滿的都是銳角石礫。

越過這一片峭壁之後，再上去才是向後略縮為85度岩壁，上面才有比較好的抓握點。

「爬起來很驚險。」清影只能這樣跟松柏說。

然後清影趕緊拿出紙筆，以目測的方式跟松柏說明可以走的路徑，以及需要幾組動作才能完成。

「不會當場送命吧！」隔壁別的參賽手問起他的教練。

對方的教練也是沉默不語。

「你會害怕嗎？」清影問著松柏。

「如果真的是死在這裡，那就代表我真的跟攀岩很有緣，我的靈魂才會選擇用這樣的方式離開。」松柏這麼說道。

「平常我不會這麼說，但是今天我想跟你提醒，要注意安全，判斷不行的話，就下來，知道嗎？」清影握住松柏的手說道。

「我來不是為了征服這個岩壁，是為了征服我自己，我會勇於爬到墜落，就讓

我在上頭好好跟自己相處好了。」松柏拍了拍清影，反而安慰起她來。

「看樣子，我在底下能夠提醒的也是有限……」清影說起這話來，聽得出來有些許的不安。

「沒關係，清影姐，是我自己要來的。」松柏最後確認了所有的配備，就直接往上爬了。

松柏的身上垂著繩索，帶著少量的岩砌，但是爬到大約十公尺之後，松柏才發現接下來的岩壁比起下面的更難爬，根本沒有任何的裂縫可以放置岩砌。

而且這座岩壁的石頭紋理跟之前爬過的都不一樣，感覺好像經過上萬年的雨水沖刷，整個岩石表面又光又滑……

「真的非常硬，這座山真的非常硬……」松柏嘴巴唸唸有詞的說道。

連抓握點都不太容易找到施力的角度，這是這座岩場最難處理的地方。

「蹦……」隔壁的參賽者往下墜落下去，底下的人發出一陣驚呼聲。

「聽起來摔得很重。」松柏也不免一驚。

突然松柏的手一陣刺痛……

「怎麼搞的？」他把那隻手移到自己的臉旁，感覺那裡好像有血在滴的狀況發生。

「應該是割傷了吧！」松柏這麼想著。

而且那個傷口有愈來愈痛的感覺，松柏因為看不見，也無法判斷傷口的狀況。

只聽到清影在底下喊著：「松柏，你受傷了。」

松柏也只能跟清影回覆：「不要緊的。」好讓清影安心。

「痛死了！」回過頭來，松柏覺得那個傷口有種痛入心扉的感覺。

於是松柏先爬上一處平坦的前傾岩壁，然後猛然往上一跳……

「怎麼辦，好像傷口更痛了？」松柏有點要暈過去的痛感出現。

14

重新定義成功

松柏現在終於明白，這個世界上真的有痛到暈的那種痛，以前他都不太相信會有這種事，但是在這個艱苦的峭壁旁，松柏第一次有了這樣的感覺。

「呼吸，先深呼吸。」松柏對著自己這麼說，在這裡沒有其他人可以幫自己攀岩，只有自己陪伴自己。

松柏以前曾經聽人說過，人如果有瀕死經驗，通常會經歷從小到大快速的瀏覽生命歷程。

此時此刻的松柏，懸吊在懸崖壁邊，真的在腦海當中快速的回憶了自己到目前的這一生。

由於松柏一直掛在原地不動，底下觀看比賽的人開始騷動了起來，松柏聽到清影在下面喊著：「松柏，你還好嗎？傷口要不要緊，說說話啊！」

松柏很想回應清影，但是他真的是又痛又累到說不出話來，甚至他有種靈魂都要脫離身體的感覺。

從小到大的所有往事又一幕幕的印在松柏的腦海當中，每一個他認識的人又鮮活的在他面前跳動了起來。

最先他看到小姑姑老是帶著大佑出現在他面前，不斷的貶抑著松柏，要來證明大佑比起他來強多了，當小姑姑這麼說時，媽媽的臉色非常的不是滋味。

他也看到自己為了讓媽媽不要太難過生了一個眼睛快瞎的兒子，總是配合的學著各式各樣的才藝，希望可以證明媽媽沒有白疼自己。自己還在很小的時候，對著小姑姑說：「我一定會讓韓家以我為榮的，妳等著瞧。」而小姑姑那種不屑的表情，竟然一直深深的刻劃在他的心裡。

最讓他感到驚訝的是，他看到一個很鮮明的影像，那已經是很久以前的往事，不知道為什麼會在這個地方想了起來。

松柏有一次到中央圖書館查資料，那個時候他的眼睛還算看得見，查完後他就走到對面的中正紀念堂，打算從那個方向坐公車回家。

結果有一位很老的老先生，眼睛看起來好像很不好，拿著根枴杖，慢慢的在中正紀念堂前面走著。

老先生向松柏問路，由於那條路有點遠，松柏心想時間還早，他就帶著老先生走到那個十字路口，還過了馬路，把老先生送達他問路的目的地。

其實這真的是件小事，但是老先生不停的跟松柏感謝，還說要把這件事跟自己的家人說。

「其實今天早上我跟媳婦吵了一架，覺得媳婦對我這個瞎眼的老人實在是太壞了！我怎麼會有這樣不孝的媳婦。」老先生心酸的說道。

老先生可能很難過，講到一直咳嗽後又繼續說：「本來真的很想來這裡吃個我愛吃的大餛飩後，就要從天橋跳了下來，一了百了算了。但是謝謝這位同學對我這麼好，讓我又有了想要繼續走下去的勇氣。」

松柏那個時候雖然很感動，但也一直覺得這是件小事，不值一提，從來沒有對其他人說過。

可是在這個山頭，松柏竟然想到的就是這件事，而且當他想到時，他的內心竟然有滿滿的充實感。

「這麼一件小事，竟然可以給我這樣深的記憶和滿足。」松柏自己想到這裡都覺得嘖嘖稱奇。他發現他花了最多的情緒和心思來揣測小姑姑對他所說的一切，來抵抗她否定自己的那些話。可是在這個時刻他想到的淨是跟家人和團員們想處的那些小小的片段。

松柏這個時候突然明白了，對他而言的成功，並不是要爬上尖峰，而是他對自己的感覺如何？有沒有全心投入，真心的付出。

而人生真的很像攀岩，難就難在，我們根本不知道下個支撐點握起來是困難還是容易，就是因為這當中的混沌不明，讓人沒有辦法全心投入，害怕付出了卻沒有收穫。

「從表面上看起來，失敗和墜落是完全一樣，但留在我心裡的印記全完全不同。」在這個山上，松柏看清楚了這一點。

他決定要在這麼艱辛的岩場全心投入、放手一拼。

松柏的眼睛雖然看不見，但是他可以聽到一直不斷有選手選擇自由落下。

在決定往上爬的過程中，松柏不是沒有害怕，他也會想到最近的一場攀岩比賽，有個攀岩天才，就在一個握點沒抓好，墜落下去的過程中摔到尖銳的山壁，當場摔死。

這個時候的松柏，已經接近徒手攀岩，就是利用手腳和自然的岩點，來完成攀登的路線。

當他的手摸到一塊平地時，他幾乎是用他最後的一股力氣，往上一蹬，也不知道到底有沒有到達終點，總之他爬了上去後，也等於失去了知覺，完全不清楚接下來發生了什麼事。

當松柏醒來後，他的人已經在醫院。而且他在恍恍惚惚之間，感覺到自己好像用擔架抬上飛機從法國送回台灣，可是他真的太累了，連開口問的力氣都沒有。

「醒來了！醒來了！」松柏聽到的是火山岩樂團的團員們的聲音，還有家人歡呼的叫聲。

「松柏，你知道嗎？你贏得那場攀岩比賽的冠軍，你知道嗎？」阿昌團長這樣跟松柏講著。

松柏很想講話，但是因為很累都說不出話來。

「你昏倒在山上，最後還是出動了直升機，把你救了下來。」清影的聲音松柏也認了出來。

松柏很想回應這些好朋友，但是他真的好累，只想好好的休息。

他的耳朵邊繼續傳來紛擾的聲音，聽到大家把醫生找來。

「他怎麼剛醒來又昏了過去？」

「醫生，他要不要緊呢？」

「怎麼辦？怎麼辦？」

這一大堆的問題，也在松柏的耳朵邊響著。

再次醒來的時候，松柏感覺到整個病房只剩下火山岩樂團的團員們。

「松柏，你醒了嗎？」小羅焦急的問著。

「嗯……」這個時候的松柏已經有力氣回話了。

「松柏，你在醫院躺了幾天，是我們說要在這裡陪你，要你爸爸媽媽和阿嬤先回家休息。」天藍跟松柏這樣解釋。

「好的。」松柏簡單的答道。

「看起來打高蛋白營養針還是有用的。」阿昌這麼說。

「松柏，你好露臉喔！你拿到這次國際攀岩比賽的冠軍，大家都不相信一個盲人可以爬上這麼難登的峭壁。」天藍的聲音傳了出來。

「那已經不重要了。」松柏有氣無力的說道。

「怎麼了？努力了半天，不是為了這個比賽嗎？」小羅好奇的問道。

「在我心裡，我決定往上爬的那個時候，我就已經給了我自己冠軍，是不是真的得到那座獎盃，對我來說已經不重要了。」松柏努力的解釋著。

「在那個山頂雖然時間很短，但是我好像在那裡一個人待了一個世紀之久一樣。」松柏微笑的說。

團員們看到松柏醒了都滿臉欣慰，又互相打鬧了起來。

「小羅哥，對不起，之前對你的女朋友發了一頓脾氣，一直想跟你們說聲對不起，可是沒有時間也沒有機會。」松柏跟小羅這麼提及。

「別這麼說，都是過去的事情了，我們都不是那種愛計較的人，還是好兄弟、好兄弟啦！」小羅有點不好意思的說。

「對啊！沒錯！小羅跟他女朋友都分手了，當然都過去啦。」天藍大聲的嘲笑著小羅。

「是因為我的事嗎？」松柏問道。

「不是啦！你別亂想。」小羅斬釘截鐵的說。

「松柏，你別擔心，小羅自己喜歡要來一大堆女生的電話，他女朋友為這種事生氣的可能性還比較高，不會因為你啦！」阿昌笑著說。

「有你們真好。」松柏打從心裡這麼說。

「我早就說過，我們是三流的樂團，一流的朋友，不是嗎？」阿昌自己說得都覺得好笑。

「什麼時候有這種名言，我怎麼不知道？」小羅大表驚訝的問道。

「還好意思問，我們本來還只是二流的樂團，加上你這個主唱之後，就變成三流了。」大連這麼一說，大家在病房簡直是要笑翻天了。

護士還打開病房，做勢要大家安靜一點。

「這裡是醫院，不是練團室，要收斂些。」阿昌比了個噓的手勢。

「你爬到一半就受傷了，還爬完真的不簡單。」大連對於松柏這點深感佩服。

「我掛在山崖邊時，想到了很多事，腦袋裡一直出現我們團員們的臉孔。」松柏認真的說道。

「有你們真好，比起冠軍，你們才是我生命中最大的獎盃。」松柏有感而發的這麼說。

「哇哇哇……」火山岩樂團的團員們本來就很容易高興，聽到松柏這麼一說，這一群大男生連忙把團長阿昌給拱了起來，阿昌還裝成獎盃的樣子被幾個大男生給舉著。

「可是我們不能這樣子混，因為你得獎了，很多媒體都報導出來，我們已經接到不少校園演唱會的邀約，要去學校表演，總不能老是當個三流的樂團、一流的朋友吧！」小羅一本正經的說。

「周處除三害，你先對付你自己，這樣我們就躍升為二流的樂團了。」天藍揶揄著小羅。

「你們有一個主唱是三流的歌手，我真不明白你們怎麼會那麼高興啊？」小羅不解的叫囂著。

「小羅哥，當個三流的主唱也沒有什麼好丟臉的，反正我們火山岩樂團是以精神、態度取勝，我們不是技術本位導向的。」松柏開玩笑的說道。

「好了！好了！松柏已經完全沒事了！他會開我玩笑就表示他完全好了。」小羅開心的說。

過沒幾天，松柏就出院回家了。

而這場國際攀岩比賽還沒有落幕……

有人向媒體投書，表示松柏這次的比賽根本違反規定，不是先鋒攀登，他早就爬過這座山壁了。而且還說松柏家欠了一大堆的債務。

「不知道是哪個輸不起的人，用這種爛招來搞我們松柏。」杜伯伯氣呼呼的說著這件事。

這天杜伯伯一家三口到松柏家來聊天，看看松柏恢復的狀況。

「是啊！我也很生氣，都爬到半條命快沒了，還被人家這樣寄黑函。」媽媽也不平而鳴。

「可是那個報導裡頭說的很多事，感覺上很像你們家的小姑說的。」杜媽媽這樣子說，媽媽則是擺了一副無可奈何的表情。

「松柏，你會不會難過啊？」筱梅姐問著松柏。

松柏搖搖頭。

「不會是安慰我們、逞強吧！」爸爸仔細的看著松柏這麼問他。

「沒有啦！在我心裡我早就給了我自己冠軍，我不在乎別人怎麼說，都已經跟我無關了。」松柏這麼說道。

「在山頂上到底發生了什麼事啊？」阿嬤問說。

「是啊！覺得你回來整個人都鬆了不少，整個人的表情、線條都放鬆了許多。」筱梅也附和阿媽的說法。

「在那裡好像死過一次一樣，整個人又重新活了過來。」松柏嘆口氣回答。

「是喔！好孩子，你真的做的很好。」爸爸摸了摸松柏的頭。

「爸爸，你真的沒有說錯，你之前說要全力以赴才沒有遺憾，我有體會到這點。」松柏跟爸爸這麼說。

「是啊！這是爸爸的切身之痛，希望你能記取我的教訓，活得精采。」爸爸笑著說道。

「那接下來有什麼打算？」杜伯伯問著松柏。

「接下來松柏可忙著呢！剛拿到這個攀岩冠軍，他們那個叫做火山岩的樂團就爆紅，很多學校都邀請他們到校園演唱，你不知道，那個樂器行老闆多高興，覺得松柏真的幫他們樂器行露臉了。」媽媽這麼解釋道。

「是啊！還有好多電視節目也要邀請他們火山岩樂團去上電視。」爸爸一臉欣慰的模樣，好像松柏完成了他沒完成的夢想一樣。

「對了，這次到醫院，碰到你眼睛的主治大夫，醫生說現在有一種新的治療方式，可以開刀恢復視力，已經有成功的個案，但是還是有再度失明的可能性，想問我們想不想瞭解看看。」媽媽想起醫生的談話。

「松柏，你的意思呢？」爸爸問起來。

「我已經不在意是不是失明了。而且如果動過手術還有失明的可能，其實也不用那麼麻煩。」松柏這樣說道。

「孩子，你會怨我，讓你遺傳到這樣的眼睛嗎？」阿嬤突然迸出這麼一句話出來。

「阿母，是我把他生成這樣的，也不是你。」媽媽跳了出來說話。

「大家都別怪東怪西的了！我真的已經完全不在意這些，可以好好的過我的日子，媽媽跟阿嬤也要放過自己，別再繼續內疚了。」松柏非常慎重的說著。

松柏深吸一口氣後說：「看得見有看得見的精采，看不見後也有看不見的美麗，我都享受到了。」

「被你這麼一說，我都好想失明看看。」筱梅開玩笑的說道。

「我不是在鼓勵失明啦！」松柏急忙解釋著。

「只是當事情真的來臨時，也不用害怕，在那背後一定有祝福存在。」松柏鄭重說道。

「你還有什麼計畫嗎？」筱梅問著。

「是有一件事很想去做。」松柏點點頭。

「是什麼事啊？好好奇喔。」筱梅側著頭問說。

「是一件我從以前就很想做的事情，還不知道我可不可以做得成。」松柏賣了個關子說道。

15

豐富

原來松柏想挑戰的是設計衣服，他跟火山岩樂團的團員們提及這件事。

「你不能休息一下，一定要把自己所有的才華都展現出來才甘心嗎？未免也太貪心了吧！」阿昌這麼問道。

松柏就把家裡的經濟困難跟團員們解釋得更清楚些。松柏說：「我是急著想多賺點錢，讓從小到大為我辛苦的爸爸媽媽和阿嬤過點好日子。」

團員們可以理解松柏急於賺錢的心，也好奇的問著松柏想設計怎樣的衣服。

「其實是攀岩的衣服，因為一直找不到合適的，總覺得料子不夠好，口袋也不夠多。」松柏這麼說道。

「那我們就幫不上忙了，難道要我們幫忙縫衣服嗎？」小羅做出拿針做女紅的樣子。

「而且做好也可以當作火山岩樂團的團服，老是穿那種rocker的衣服，感覺很老套也很沒創意。」松柏這麼說。

「那你怎麼畫設計圖、做衣服呢？」阿昌好奇的問著。

「可能不會畫設計圖，以前鄰居杜伯伯去紐約時，他們也有立體剪裁打版的課，他說做衣服不見得要畫設計圖，可以在人體上直接剪裁布。」松柏回答道。

「那我們最不缺的就是人體模特兒囉！這裡有四個人讓你挑，這我們就幫得上忙了。」阿昌說著。

「哎喲，那會不會被針刺到、被剪刀剪到呢？」小羅在那裡哇哇叫著，說他這個人最怕痛了。

「你這個人歌唱不好我們都不計較了，怎麼，連站好當個木頭模特兒都這麼困難嗎？」大連又拿起拳頭在小羅的面前揮舞著。

「我的眼睛沒有辦法去挑花布的顏色布料，但是自從失明後，好像手感變得更好了，我想善用這一點，去找出素淨的布料，材質好一點的，做成攀岩服，這種工作服平常也可以穿，而且女生穿這樣中性的衣服，裡面穿一件小可愛，應該也很性感。」松柏解釋著。

「好，那我來當人體模特兒，你做好了，要送給我的女朋友一件。」小羅打著如意算盤。

「松柏，少理他，他的女朋友是女朋友們，三個以上的女朋友，你會累死。」

天藍在那裡哇哇叫著。

「而且這樣也是害了他，到時候路上穿著一樣衣服的女人可能都是他女朋友，一下子就穿幫了。」大連也這麼說。

「他放女生電話的記事本，都已經快要跟聖經一樣厚了，別再幫他這個忙了。」阿昌也這麼說。

「我知道，你們一定是嫉妒，嫉妒我有女人緣。」小羅悻悻然的說道，但是還是乖乖的當起松柏的模特兒立牌。

由於松柏的眼睛看不見，有時候縫線和暫時定位的線頭，都是由火山岩樂團的團員們幫忙。

「這次忙完後，我看我火山岩樂團可以改名成火山岩女紅樂團，更名副其實。」阿昌老是這麼說。

但是大家對於松柏設計出來的攀岩服都讚不絕口。

「好看耶！而且很中性，男生女生穿都好看，趁我們現在巡迴校園又上電視，說不定會掀起一陣風潮。」天藍一直這樣說道。

「團長的腦筋和組織能力最好了，他可以去跟廠商談合作，說不定我們可以在網路上賣我們的攀岩服，這個主意好吧！」大連也躍躍欲試的模樣。

有點知名度還是好辦事，阿昌聯絡上的大型網路店家，對於他們的攀岩服都很有興趣。

「可是他們是說，這樣的產品太單一化了，要我們多開發幾個品項。」阿昌說起廠商的意見。

「這樣啊！」松柏陷入長考。

於是松柏跑去跟杜伯伯、杜媽媽商量。

「可以從配件下手，然後連身褲裝也可以改成連身裙，不同的搭配可以提供的選擇就多了。」杜伯伯這麼建議著。

「還有在布料上，有一些古花布，其實很舒適，貨源也不貴，拿來做夏季的單品其實很適合。」杜媽媽的想法也很有建設性。

於是松柏就在杜伯伯、杜媽媽的協助下，完成了第一批上市的樣品。

最重要的是，有一次松柏上電視節目接受訪問，全部火山岩樂團的團員們也都上場。

喜歡耍帥的小羅，穿著全套的攀岩服，還有攀岩手套，跳起街舞，引起場邊的女學生一片尖叫。

「這種事他最愛做了。」天藍低聲的說道。

「是，而且做起來非常自然、如魚得水。」團長點點頭。

「我只能說天生我才必有用，衣服會因為他這樣賣得很好。」松柏對於小羅的表現倒是相當讚賞。

火山岩這個三流樂團，在還沒有音樂作品出現之前，就先有了團服上市，還引起了一陣小小的騷動。

廠商為火山岩樂團舉辦了一個上市派對，松柏這群人邀請了一大堆親朋好友前來參加。

「這位漂亮的小姐，我們一定是在那裡見過面吧！」小羅一看到筱梅，又開始大獻殷勤。

「啊！我知道你，你就是松柏他們火山岩樂團，傳說中的那個色胚主唱小羅，

對嗎？」筱梅絲毫不留情面給小羅。

「哈……」聽到筱梅這麼說，團員們都開心的不得了。

「你們這些人，就是喜歡在外面替我造謠。」滿臉豆花的小羅沒好氣的怪罪自己的團員們。

「但是今天來，看到如同我弟弟一樣的松柏能有今天這個局面，我是真得很替他開心。」筱梅感動的說。

「是啊！那時候快要失明，我還去筱梅家跟她聊到，可能這輩子都沒有辦法做衣服、設計衣服了。」松柏提及當初的事情。

「原來每個人的可能性有這麼大。」筱梅欣慰的說道。

「而且繞了一大圈，我反而得到的更豐富。」松柏點了點頭。

「是啊！回頭想想，這真的很奇妙，假如松柏的眼睛好好的，可能他被開發出來的潛能還沒有那麼多啊！」筱梅若有所思的想著。

「我可能就是當個服裝設計師。」松柏也同意說道。

松柏繼續補充說明著：「可是應該不會去搞樂團，也不會攀岩，更不會想到這之間有那麼多的可能可以串聯在一起。」

「哇！如果你沒有失明，你的損失可就大了，最大的損失是少了我們這一群一流的朋友。」小羅這麼說。

「真的，當初第一次碰到你們的時候，我簡直不敢相信要和你們在一起，覺得這群人的氣質真糟。」松柏哈哈大笑起來。

「嫌我們沒氣質喔！」團長阿昌驚訝的問道。

「是啊！覺得這群人簡直就是沒氣質的江湖人士，不是我平常會交往的朋友對象。」松柏繼續解釋著。

「所以，這個世界真的是因為不同而美麗，有這麼不同的人，這個世界才比較有趣豐富的。」天藍也點點頭這麼說。

這個時候，開始有些粉絲在找火山岩樂團的團員們簽名了。

簽完名後，有一位粉絲問著另外一位一同前來的朋友說：「妳跟我說，那個叫做松柏的人，就是這件衣服的設計師，是個瞎子，真的嗎？」

一同前來的夥伴同意的點了點頭說：「是真的啊！媒體上都這麼說，他小時候眼睛有先天性的白內障，然後慢慢失明。

「是嗎？白內障會失明嗎？」

「好像還有眼球病變才導致如此。」

「他真的看不見嗎？」

「怎麼了？」

「剛剛他還稱讚我的耳環好看，怎麼說他看不見。他應該是看得見的吧！」這位粉絲不解的問道。

這個時候小羅拍了一下松柏說：「你看，我說這招對女孩子最有用了吧！」

松柏笑了一下說：「對啊！這個世界真的是很奇妙，看不見也還是有辦法搭訕，謝謝小羅哥。」

松柏心裡想著，或許他們這個樂團到頭來還是個三流樂團，也或許這些攀岩服也不見得會大賣到怎麼樣的程度，但是他很開心，這輩子他也憑自己的力量，開展出自己的一片天空。

這些是當初的他想都想不到的豐富。

勵志學堂：11

看不見的小孩

作　著◇羅明道
出版者◇培育文化事業有限公司
執行編輯◇王文馨
社　址◇221 台北縣汐止市大同路三段一九四號九樓之一
TEL（○二）八六四七－三六六三
FAX（○二）八六四七－三六六○
總經銷◇永續圖書有限公司
劃撥帳號◇18669219
地　址◇221 台北縣汐止市大同路三段一九四號九樓之一
TEL（○二）八六四七－三六六三
FAX（○二）八六四七－三六六○
E-mail yungjiuh@ms45.hinet.net
網址 www.foreverbooks.com.tw
法律顧問◇中天國際法事務所　涂成樞律師　周金成律師
出版日◇二○一○年十一月

看不見的小孩/ 羅明道著. -- 初版. --
臺北縣汐止市；培育文化，民99.11
面：　　公分. --（勵志學堂：11）

ISBN 978-986-6439-42-1（平裝）

859.6　　99018574

培育文化讀者回函卡

謝謝您購買這本書。
為加強對讀者的服務，請您詳細填寫本卡，寄回培育文化，您即可收到出版訊息。

書　　名：看不見的小孩
購買書店：＿＿＿＿＿市／縣＿＿＿＿＿＿書店
姓　　名：＿＿＿＿＿＿＿＿＿＿＿
身分證字號：＿＿＿＿＿＿
電　　話：(私)＿＿＿＿＿(公)＿＿＿＿＿(傳真)＿＿＿＿＿
地　　址：□□□＿＿＿＿＿＿＿＿＿＿＿＿＿＿＿＿＿
E - mail ：＿＿＿＿＿＿＿＿＿＿＿＿＿＿＿＿＿＿＿＿＿
年　　齡：□20歲以下　□21歲～30歲　□31歲～40歲
□41歲～50歲　□51歲以上
性　　別：□男　□女　婚姻：□已婚　□單身
生　　日：＿＿年＿＿月＿＿日
職　　業：□①學生　□②大眾傳播　□③自由業　□④資訊業
□⑤金融業　□⑥銷售業　□⑦服務業　□⑧教
□⑨軍警　□⑩製造業　□⑪公　□⑫其他
教育程度：□①國中以下（含國中）　□②高中　□③大專
□④研究所以上
職 位 別：□①在學中　□②負責人　□③高階主管　□④中級主管
□⑤一般職員　□⑥專業人員
職 務 別：□①學生　□②管理　□③行銷　□④創意
□⑤人事、行政　□⑥財務、法務　□⑦生產　□⑧工程

您從何得知本書消息？
□①逛書店　□②報紙廣告　□③親友介紹
□④出版書訊　□⑤廣告信函　□⑥廣播節目
□⑦電視節目　□⑧銷售人員推薦
□⑨其他

您通常以何種方式購書？
□①逛書店　□②劃撥郵購　□③電話訂購　□④傳真訂購
□⑤團體訂購　□⑥信用卡　□⑦DM　□⑧其他

看完本書後，您喜歡本書的理由？
□內容符合期待　□文筆流暢　□具實用性　□插圖
□版面、字體安排適當　□內容充實
□其他

看完本書後，您不喜歡本書的理由？
□內容符合期待　□文筆欠佳　□內容平平
□版面、圖片、字體不適合閱讀　□觀念保守
□其他＿＿＿＿＿＿＿＿＿＿＿＿＿＿＿＿

您的建議
＿＿＿＿＿＿＿＿＿＿＿＿＿＿＿＿＿＿＿＿＿＿＿＿
＿＿＿＿＿＿＿＿＿＿＿＿＿＿＿＿＿＿＿＿＿＿＿＿

剪下後請寄回「221台北縣汐止市大同路3段194號9樓之1培育文化收」

請用膠帶黏貼

□□□-□□

廣告回信
基隆郵局登記證
基隆廣字第200132號

2 2 1 - 0 3

台北縣汐止市大同路三段194號9樓之1

培育文化事業有限公司

編輯部　收

請沿此虛線對折貼郵票，以膠帶黏貼後寄回，謝謝！

為你開啟知識之殿堂